UM TOQUE NA ESTRELA

Benoîte Groult

UM TOQUE NA ESTRELA

Tradução de
ARI ROITMAN e
CARMEM CACCIACARRO

EDITORA RECORD
RIO DE JANEIRO • SÃO PAULO
2008

CIP-Brasil. Catalogação-na-fonte
Sindicato Nacional dos Editores de Livros, RJ.

G925t Groult, Benoîte, 1921-
    Um toque na estrela / Benoîte Groult; tradução de Ari
    Roitman e Carmem Cacciacarro. – Rio de Janeiro: Record,
    2008.

    Tradução de: La touche étoile
    ISBN 978-85-01-07912-1

    1. Romance francês. I. Roitman, Ari. II. Cacciacarro,
    Carmem. III. Título.

                    CDD – 843
08-2895   CDU – 821.133.1-3

Título original francês:
LA TOUCHE ÉTOILE

Copyright © Éditions Grasse & Fasquelle, 2006

Imagem de capa © Heide Benzer/Zefa/Corbis/LatinStock

Todos os direitos reservados. Proibida a reprodução, no todo ou
em parte, através de quaisquer meios.

Direitos exclusivos de publicação em língua portuguesa somente para o
Brasil adquiridos pela
EDITORA RECORD LTDA.
Rua Argentina 171 – Rio de Janeiro, RJ – 20921-380 – Tel.: 2585-2000
que se reserva a propriedade literária desta tradução

Impresso no Brasil

ISBN 978-85-01-07912-1

PEDIDOS PELO REEMBOLSO POSTAL
Caixa Postal 23.052
Rio de Janeiro, RJ – 20922-970

EDITORA AFILIADA

*A Blandine, Lison e Constance,
minhas filhas.*

*A Violette, Clémentine e Pauline,
minhas netas.*

SUMÁRIO

1. Moira — 9
2. Alice e Belzebu — 19
3. Brian e Marion — 43
4. Sneem ou o edredom vermelho — 53
5. Retorno à atmosfera — 83
6. A sororidade — Alice e Hélène — 95
7. A sororidade — Hélène e Victor — 107
8. Brian e Peggy — 113
9. Alice no país das armadilhas — 121
10. Marion e Maurice — 137
11. Contra as crianças — 157
12. Os primeiros seres vivos — 171
13. A lição das trevas — 183
14. Um toque na estrela — 191

I

Moira

Todos me chamam de Moira. Vocês pensam que não me conhecem, mas todo mundo vive mais ou menos comigo sem saber, e ocupo um lugar cada vez maior em boa parte de suas vidas. Aliás, ser uma Moira tornou-se um emprego apaixonante desde que tantas pessoas, que passaram seus verdes anos se achando eternas, perdem o norte conforme a flor da idade vai murchando e surge, inexorável, o fruto da maturidade.

É nesse estágio que elas se tornam interessantes, e que o meu poder começa. Antes eram tão seguras de si, tão ignorantes, tão maravilhosamente ingênuas, que eu não conseguia abalar o seu prazer de viver, seu dom da indiferença, a violência do desejo e também sua pungente doçura, cujo sabor jamais conhecerei.

A imortalidade é uma punição da qual é preciso se vingar.

Ora, graças aos progressos da ciência, agora disponho de um imenso viveiro que não pára de aumentar com novos adeptos. Os golpes que recebem são cada vez mais fortes, mas eles continuam a avançar cegamente, primeiro porque são empurrados, e também porque é próprio do homem colocar um pé na frente do outro. Muitos ainda permanecem ilesos. Outros fingem. Quanto àqueles cuja morte estava marcada mas puderam recorrer da sentença, não terão paz enquanto não reconstituírem sua couraça. E os que se salvam são os mais ardentes ao reviver, esquecendo os contragolpes que virão em dois anos ou em dez, ou nunca, ou de maneira diferente... de qualquer forma, dá na mesma: você nunca será invencível, bobinho. Uma vez que a morte tenha posto as garras em você, não o soltará mais. Em silêncio, lá no fundo, ela vai se instalar como um molusco. E sua carne começará a se degradar de maneira imperceptível. Órgãos que você nem conhecia vão impor seus caprichos. Sua graça se tornará um trabalho, sua beleza, uma conquista, seu desempenho, um esforço, a indiferença, uma disciplina, sua saúde, uma fortaleza sitiada, e a inquietude, uma companheira lancinante.

Durante certo tempo você ainda poderá fingir que nada aconteceu. Certo de contar com a cumplicidade dos seus semelhantes, vai repetir para eles o que disse o poeta: *Sabe que, embora seja muito jovem, antigamente eu era mais jovem ainda? O que isto significa? Certamente existe aí alguma coisa terrível.**

Mas ninguém vai querer ouvi-lo, e menos ainda compartilhar a experiência, pois envelhecer é a mais solitária das navegações. Você já não é exatamente um semelhante.

---
*Henri Michaux.

De fato, aconteceu uma coisa terrível: você atravessou a linha. Só por distração será considerado normal. Em toda parte, vai ser apontado como perigoso, pois você destrói o mito pelo simples fato de existir. Lembra a cada um que é mortal, coisa que é preciso evitar a qualquer preço. Você logo vai se dar conta de que é preciso se defender da velhice como de um pecado que cometeu. De qualquer forma, aonde quer que vá, de agora em diante, estará com uma sineta pendurada, por mais que só ouça as sinetas dos outros... Sua pátria, aquela onde você nasceu e viveu a vida inteira, aquela onde pensava morrer, o renegou. Você se tornou um estrangeiro, exilado em seu próprio país.

Só lhe resta descobrir uma das evidências desse seu novo estado: os velhos nunca foram jovens. Pouca gente sabe disso. Os poetas sabem, pois não têm idade. É por isto que eles são os únicos humanos que comovem a minha eternidade.

As crianças também sabem que os velhos vêem tudo a partir de um outro mundo. Sabem muito bem que a avó nunca foi menina. Fingem que acreditam, para não magoar. Mas quando abrimos para elas esse livro de imagens mortas que é um álbum de retratos, é como se aquilo fosse uma história da carochinha.

— *Olha, aqui é a vovó brincando com o arco no jardim da tia Jeanne, que você não conheceu.*

Então, nasceu morta, pensa a criança. Se não a conheci, é porque ela nunca existiu.

— *E por que ela não empurra o arco com a bengala?* — pergunta.

— *Porque a vovó não tinha bengala com 10 anos, ora!*

Tá bom, pensa a criança. É claro que a vovó nasceu vovó. Tanto que sua própria filha a chama de vovó! E o vovô também. Todo dia ele pede quando senta à mesa: *"Por favor, vovó, passe o meu Charbon de Belloc."* E quem se lembra que ela se chama Germaine ou Marie-Louise? E que ainda é a menina de outrora, flutuando numa pele frouxa? E, aliás, o que é um velho senão um garoto de bigodes que ainda tem vontade de brincar com o pintinho?

Eu, Moira, seu destino, não paro de admirar a sua capacidade de infância. O mérito não está em ser jovem quando se é jovem, não dá para fazer diferente. Mas o esforço que representa ser jovem quando não se é mais, isto me leva às lágrimas. Salve, acrobatas! Pois as crianças, apesar de alguns lampejos, não passam de crianças. Já os velhos acumulam todas as idades da vida. Neles convivem todos os seres que foram, sem contar aqueles que poderiam ter sido e que insistem em envenenar o presente com seus arrependimentos ou sua amargura. Os velhos não têm somente 70 anos, ainda têm 10 e também 20, e depois 30 e mais tarde 50, sem falar dos 80 que já vêem despontar. E todos esses personagens, que os recriminam, que os censuram e que nunca receberam a melhor parte, precisam ser silenciados.

É por todos eles que existe uma Moira. Quando as definições se embaralham e cada qual pode se sentir milagrosamente jovem e desesperadamente velho ao mesmo tempo. Quando todos os ingressos são válidos, desde que se admita que não dão mais direito aos programas previstos. Quando as certezas vacilam, a felicidade surge às vezes, como um bandido num canto do bosque, com a infelicidade aos seus pés sem dar o sinal de alerta.

Um sinal irrefutável indicará que eles estão penetrando em outro país: a perda progressiva da sua densidade. Não tendo sexo, eu não poderia ser misógina, mas sei que isso é ainda mais verdadeiro para você, mulher, do que para o seu companheiro. Porque o homem, nascido primeiro, como teve o cuidado de demonstrar nas *Escrituras* de todas as religiões, e sempre no comando graças a seus métodos de gângster, consegue conservar por mais tempo sua massa molecular. Qualquer janota tem direito ao seu lugar numa calçada, mas você, mulher, à medida que a beleza ou a juventude se dilui, nota que pouco a pouco vai ficando transparente. Logo vão esbarrar em você na rua sem vê-la. Você dirá, por costume: "Desculpe", mas ninguém vai responder, você nem incomoda mais, você não está mais lá.

Eu os vi chegar, vocês da geração que não queria mais envelhecer, após tantos séculos em que os papéis nunca mudavam. No início tentei convencê-los: "*Escrevam cem vezes: sou uma pessoa idosa.*" Mas mil vezes não seriam suficientes. Tornar-se um velho jovem, mesmo que decadente, agora parecia muito mais excitante que o papel gasto de pessoa velha, mas bem conservada. Vocês são a primeira geração a fazer uma descoberta realmente terrível: o que têm de precioso e importante para transmitir não interessa mais aos seus descendentes. Quanto à experiência que acumularam, é muito simples: ela os chateia. Não têm o menor interesse pelo mundo em que vivem, tomados pela certeza de que nunca vão ser iguais a vocês. Não venham me falar de infelicidade! Para não correr riscos, é preciso que eles os ignorem, que façam de vocês uns extraterrestres inoportunos, tutsis num mundo de hutus. Seus pais ainda puderam desfrutar do respeito dos descendentes, porque se disfarçavam de velhos, isolavam-se no espaço que destinavam a eles, e deixavam o lugar vago bem depressa.

Os novos velhos aventuram-se em batalhões cada vez mais populosos por um território agitado pelos sismos da ciência e da medicina, e descobrem que às vezes é maravilhoso sobreviver, desde que se subvertam os códigos e embaralhem as pistas, para tentar fazer uma reciclagem.

Hoje, ter 60 anos consiste basicamente em se considerar mais fogoso que os outros sexagenários. É ver chegar os estigmas da idade nos colegas e não notar nada em si mesmo. Para sentir-se vivo, basta ler de manhã no obituário que Fulano acaba de morrer. Aos 60 anos, que idiota! E se você tiver a sorte de ouvir ao mesmo tempo a sirene do serviço de emergência, ainda melhor. Não sou eu na ambulância, tst-tst!

O importante é acordar com o silêncio dos órgãos, um "Nada a informar", como na guerra de 1914-18. É o melhor boletim de vitória sobre a morte. Quando os órgãos começam a falar, nunca têm nada de bom a dizer. Mas quando os órgãos dos outros têm problemas, aí tudo bem! Não é que vocês tenham ficado malvados, é que a desgraça do vizinho serve como um emplastro para o terror que começa a invadi-los. E se vocês tiverem envelhecido apesar de tudo?

Não, que absurdo! Ainda não. Não mesmo. Não já. Vocês levam tempo demais para responder que sim, e muitos vão morrer jovens com uma idade avançada.

E ainda dizem que a imortalidade cria invejosos. Como estão enganados!

Mas isso, justamente, é na esperança de esquecer que eu intervenho às vezes para desarranjar os planos.

Jean-Loup será salvo por pouco, entre o penúltimo e o último suspiro. Cinco anos de prorrogação! Ele acha que deve isso à sua mulher, que o encontrou ao pé da cama...

Alice, de 75 belos anos, não deixou a alma na mesa de operação, onde lhe reduziram a fratura de tíbia que ela alegremente conseguiu cinco anos depois de *esquiar pela última vez*! Mas a inconseqüência humana me enternece... Alice vai praticar esqui nórdico, tão enfadonho, mas que ela fingirá adorar, pois não sabe viver sem amar...

Léa vai descobrir o orgasmo aos 63 anos, nos braços inesperados de seu cirurgião plástico, supostamente para ressuscitar o desejo de um marido que, aliás, nunca manifestou desejo algum em relação a ela... Darei a ela seus cinco anos de felicidade carnal, mas em outra cama!

Léon vai escorregar numa casca de banana, o que o impedirá de tomar o ônibus para Santiago de Compostela que dois dias mais tarde se espatifaria num barranco espanhol.

Em suma, posso ser a casca de banana quando me canso de bancar a malvada.

Vocês adoram me dar um rosto. No entanto, não sou uma divindade antropomórfica, como uma Erínia ou uma das temíveis Parcas. Moira, na mitologia grega, significa simplesmente destino. E lamento não ser Deus nem Diabo, mas apenas *uma lei desconhecida e incompreensível*, como dizem suas enciclopédias. *No início, cada indivíduo tinha sua Moira pessoal, que era a sua cota de destino*. A Fatalidade, como se diria. Triste perspectiva para mim, que amo o imprevisto e as fendas da existência por onde se infiltram os milagres. É por isso que adoro embaralhar as cartas. Acender a fagulha de um olhar para fazer nascer o amor onde não se esperava; dar origem ao neto milagroso que reconciliará com a vida uma mulher prestes a morrer. Encarnar essa parte de divino que existe em todo ser, para um a paixão pela música, para outro o espírito de aventura; e o prazer que também há em qualquer coisa, o gosto por jardins que surge no fim da vida, o sal do mar sobre a pele, o sabor de Islay no uísque, a trufa ao pé do carvalho e até o perfume das flores da Datura quando a noite cai.

Eu ultrapasso meus limites, sem dúvida, mas quem vai me condenar? Estou em boa posição para saber que Deus não existe de verdade. Existem apenas forças antagônicas que disputam o universo ao sabor de leis físicas que nenhum espírito humano é capaz de apreender.

Nesse caos, a aposta mais incrível é a de viver. É por isso que tenho meus protegidos cá embaixo. E me desespero para compreender por meio deles o que torna a existência humana tão desejável. Mas posso reconhecer que os jovens não me divertem muito. Sempre *in the mood for love!* Não sendo nem humana nem divina, não consigo compreendê-los. Já os jovens velhos que me chegam hoje, ainda que em partes separadas, sabem muito bem se agarrar a esse milagre único que é a sua vida, surgida no milagre único que é o seu planeta, entre milhares de outros, gelados ou escaldantes, que vagam pelas galáxias como barcos à deriva.

"*O que aconteceu? A vida, e fiquei velho*", escreveu um dos meus poetas preferidos.*

Tudo bem, mas também podemos dizer assim: Os humanos jamais saberão o quanto os invejo, eu, que não tenho nem vida nem idade.

---
*Louis Aragon.

II

Alice e Belzebu

A idade é um segredo bem guardado. Dizer o que é a velhice é como tentar descrever a neve para quem vive nos trópicos. Por que estragar a vida deles sem aliviar a própria? Prefiro negar a evidência em bloco e lutar com valentia enquanto ainda puder vencer algumas batalhas. Porque, é bom saber, além de abrir a porta para um bom número de doenças, a velhice é uma doença em si. É importante, portanto, não contraí-la.

O problema é que, para escapar dela, é preciso caminhar por um entre dois abismos: por um lado, seus contemporâneos, muitos dos quais já jogaram a toalha. Por outro, a massa de vivos, que fazem sexo, se divertem, arriscam a vida, sofrem por amor, esperam isso ou aquilo, vencem ou fracassam, fazem pesca submarina ou trekking no Nepal, quebram a perna esquiando e não na banheira, fazem muitos amigos, aprendem hebraico, adoram mulheres ou homens ou ambos, navegam na internet, têm filhos, se divorciam, fazem sexo de novo, voltam a casar e se assustam na virada dos 50 imaginando que vão ficar velhos... os bobos!

Envelhecer é o destino de todos, sabemos. Vagamente. Todos se consideram informados a respeito, mas o conceito continua sendo abstrato, e essa consciência do destino coletivo da espécie não prepara ninguém para a experiência solitária da SUA velhice e para a experiência dilacerante da SUA morte. Podemos viver muito tempo constatando tranqüilamente essa lei geral. Alguns chegam até a se convencer de que vão ser uma exceção... os bobos! Se entendêssemos de uma vez por todas que somos "um monte de rugas", acho que nos acostumaríamos. O drama é que no começo esquecemos. Durante anos, com um pouco de sorte, a gente vai e vem. Até que um dia, é preciso admitir, percebemos que somos velhos o tempo todo. É exatamente aí que se dá a virada, e temos que reaprender tudo. Não somos apenas um monte de rugas, nisso se pode dar um jeito; também somos feitos de velhos ossos que ficam porosos, de um velho estômago que recebe mal a ardência agradável do álcool, de um velho cérebro que trava diante dos nomes próprios, de velhas veias que dilatam, enquanto as artérias, por sua vez, endurecem, e vivemos com um velho amor em quem observamos os mesmos sintomas, ou então sem nenhum amor, apenas uma foto, imutável, numa moldura de prata em cima do criado-mudo.

É claro que ainda resta a família. Mas, pouco a pouco, para os nossos descendentes deixamos de ser indivíduos e nos tornamos "os pais", antes que passem a dizer "minha pobre mãe" ou "meu velho pai"... Eles não esperam qualquer surpresa de nossa parte, a não ser um infarto, uma fratura de fêmur, um acidente vascular cerebral ou o lento horror do Alzheimer.

Foi um pouco para surpreendê-los que comecei a escrever um livro, às escondidas, como se tivesse 15 anos! E também para surpreender minhas colegas da revista *Nous, les Femmes*, onde trabalho há vinte anos, mas onde sinto que pouco a pouco estou me tornando uma estranha. Lembro-me de Ménie Grégoire, célebre nos anos 1970, queixando-se do "juvenismo" da RTL: "Tive a impressão de que era um crime ter 75 anos. Aliás, eu estava condenada."

Também sou culpada de ser setuagenária, a única da redação. Sou tolerada desde que não revele a minha verdadeira idade e não manifeste qualquer sintoma incômodo. Represento docilmente a comédia do "todo mundo é jovem, todo mundo é gentil" com bastante facilidade porque, numa revista feminina, tudo, a começar pela moda e a publicidade, contribui para sustentar a ilusão. E não apenas não tenho nenhuma aliada, como a cada ano uma nova leva de estagiários petulantes desembarca na redação, empurrando-me mais um pouco para os porões da aposentadoria. Quando, excepcionalmente, surge uma pauta sobre a idade, a orientação é só entrevistar casais velhos que se prestem à hipocrisia: "Decidimos envelhecer em plena forma, comprar uns Nike para os nossos 90 anos e comemorar o centenário engatinhando, para alegria dos nossos bisnetos." Nem é preciso dizer que se alguém, por milagre, conseguir ficar de gatinhas aos 90 anos, assim vai permanecer! A menos que chamem os bombeiros.

A decrepitude e a morte são negadas a tal ponto que, quando conto a alguém, "Sabia que minha amiga Suzanne ou Rachel ou Ginette morreu?", a primeira reação do outro lado é sempre: "Nããão! Não é possível!" Ou então: "Nããão, jura?"

A morte é antes de mais nada uma ilusão. Ela ainda estava presente na minha infância. Depois foi desaparecendo pouco a pouco da paisagem.

Não faz muito tempo, nas cidades, os pórticos dos prédios onde alguém acabara de morrer eram cobertos de panos negros com suas iniciais e, sob a abóbada, quem desejasse poderia assinar um livro de condolências. No campo, o morto era "velado". Hoje, nós o escondemos, hesitando até em mostrá-lo às crianças. Em toda a infância, elas só verão morrer um hamster ou, às vezes, um velho cão, quando não for chamado um veterinário para "fazê-lo dormir" longe dos olhares gerais.

As palavras também nos foram confiscadas. Ninguém mais é moribundo, que coisa indecente! Atualmente, não se morre mais: as pessoas adormecem na paz do Senhor ou, então, falecem. Expirar lembra demais o último suspiro. Melhor evitar. Entregar a alma está fora de moda, agora que não temos mais certeza de ter alma... Finar-se parece literário demais, mas podemos dizer falecimento com toda a naturalidade, pois a palavra foi esvaziada de qualquer poder emocional pelas administrações que a empregam. Dizer "Minha mãe faleceu ontem" é claramente menos chocante que "Mamãe morreu".

A imagem dos idosos também foi reduzida à de um feliz casal com cabelos cor de neve, pedalando pelos contrafortes do Himalaia ou circulando no convés de navios de luxo. Ele nunca é careca ou barrigudo, e exibe um sorriso de Gary Cooper, enquanto sua companheira o observa amorosamente, com uma saia curta sobre suas longas pernas de gazela. Nos anúncios, *mailings* da companhia de trens, cadernos de viagem para a terceira idade ou na imprensa para aposentados, os únicos idosos que nos apresentam estão se escangalhando de rir, só que nunca parecem escangalhados!... E desde que Adrien chegou perto do... octogenariado, o bombardeio de propagandas se intensificou contra a nossa caixa de correio. Não há um dia sem que nos lembrem da urgência de utilizar os bálsamos milagrosos do Sião, do Camboja, do Tigre ou do Peru, da existência de assentos elevadiços sempre ocupados por lolitas e, após um tempo, de obter, "mesmo após os 80 anos, um membro enorme e ereções grandiosas, que transformarão a esposa mais recatada numa fúria uivante e sedenta pelo seu pênis..." Adrien me olha com pavor...

Em compensação, ele cedeu aos apelos insistentes dos kits de funeral pré-pagos e com tudo incluído, e contratou a Chilpéric: "Você nos dá o defunto e nós o fazemos desaparecer com toda a serenidade." Quanto a mim, declinei a oferta. Primeiro, eles não dão abatimento para grupos. Depois, tenho oito anos menos que meu marido e não penso em morrer por enquanto: tenho um projeto.

Gostaria de entender como o amor e o respeito aos velhos, tão profundos na Antigüidade, nas civilizações africanas ou indianas, e até mesmo na Europa no último século, puderam se dissipar na nossa sociedade moderna, e como será quando esses velhos sobreviverem até os 120 anos, coisa que não vai tardar a acontecer?

O problema é que, para escrever legitimamente sobre a velhice, é preciso ter entrado na velhice. Mas, neste caso, ela também entrou em você e pouco a pouco o deixa incapaz de apreendê-la. Você não pode tratar do tema se não se for suficientemente idoso... mas não será capaz de falar da velhice enquanto toda a juventude não tiver morrido dentro de você.

Ao que parece, eu estou na interseção desses estados, e naturalmente me considero a exceção de que falava. Sentada, tenho 60 anos. Em pé, vacilo um pouco, concordo, mas meu passo continua alerta. Sou impecável em solo plano. É descendo uma escada que me torno setuagenária. Desço com a cabeça, pois não confio em minhas pernas. Esses décimos de segundo de hesitação antes de cada etapa de um movimento instintivo que preciso decompor denunciam o dano irreparável.

Em mim, foram os amortecedores que falharam primeiro. Não tenho mais que pedaços de madeira nas pernas, sem lubrificante nem molas. A madeira está boa, a densitometria comprova. O problema são as articulações, que não articulam mais. E como os pés não são pneus, eu rodo sobre os aros. E quando o caminho é em declive, pareço esses brinquedos de madeira articulados que descem um plano inclinado em movimentos irregulares. Meu Deus! A leveza! Eu nunca tinha pensado na leveza como um bem inestimável. Todas as prioridades se modificam. É também uma descoberta que fazemos, pois, ao contrário da opinião difundida, a velhice é a idade das descobertas.

Quando me vejo no alto de um lance de escada — são 46 degraus no metrô Varenne, por exemplo —, meus joelhos me interpelam:

— Você pretende nos fazer descer tudo isso?
— Não chateiem. Quem manda aqui?
Eles caçoam. Ri melhor quem ri por último. Eu piso no primeiro degrau, prudentemente... meio de viés, usando o joelho direito, o melhor.

— Eu posso me soltar a qualquer momento — avisa o outro, o esquerdo, que faz parte do Sindicato dos Joelhos, um dos mais intratáveis.

Eu transijo cada vez mais. Desço meio de lado, segurando o corrimão. À vezes, renúncia suprema e jamais em público, pelo menos até hoje, negocio um degrau de cada vez, para amaciar meu pessoal e controlar minha tropa. Pois em nosso horizonte comum se perfila o fantasma de uma greve geral, com seqüestro da Direção na caixa craniana e paralisia de todos os setores de atividade. Diversos livros já nos fizeram esse relato aterrorizante.

Para evitar o seqüestro e a destruição do instrumento de trabalho, tenho que negociar, me humilhar, aceitar os compromissos, com o risco de me transformar pouco a pouco em Dona Prótese. O ortodontista me implantou dois incisivos, o ortopedista desenhou palmilhas para retificar meu equilíbrio vertebral. (Ora, são 34 vértebras, todas elas com a idéia fixa de sair do lugar, arrastando toda a coluna. Sindicato malévolo esse, com o qual qualquer negociação precisa se alongar bastante.) Por fim, o ortofonista me fabricou a peso de ouro um aparelho auditivo digital, e o oftalmologista, as lentes de contato.

Em compensação, não uso mais tailleurs à maneira das mulheres-ministras para ir à revista, e sim jeans, na esperança de me parecer mais com o grupo.

Pois trato com mimos essa flor da minha juventude, sempre viva, insolente e às vezes pungente. É preciso protegê-la das primeiras geadas e das armadilhas cotidianas. Ler, por descuido, as revistas dos verdadeiros jovens e observar as roupas nas vitrines da moda revelam instantaneamente o seu lugar nessa sociedade de mercado, o último.

Não havia revistas para adolescentes quando eu era adolescente, no início dos anos 1930. Passávamos da *Benjamin* ou da *La Semaine de Suzette* para a imprensa "normal". Éramos a idade ingrata, afligida pela acne juvenil, e todo mundo só esperava que aquilo passasse logo. Também não havia uma moda particular para adolescentes e, nas grandes lojas, passava-se sem transição da seção "meninas" para a seção "senhoras".

Hoje, a idade ingrata tornou-se a nossa! Depois dos 65 ou 60 anos (e nem falo de depois), não é fácil se vestir. Os nomes das marcas já desencorajam qualquer aproximação: como comprar em lojas chamadas Megera, A Turma, Gatinha ou Lolita?... As vendedoras têm 18 anos, e os vendedores, a idade do desprezo. É tão penoso ser idoso quanto obeso. Com a diferença... de peso... de que a velhice não tem remédio.

Escolher a lingerie é ainda mais deprimente, quando já não temos interesse em abrir o casaco de tweed sobre seios nus ou mostrar o umbigo. Nada é oferecido entre a calcinha minúscula e a calçola Grand Bateau, uma barcaça sem formas, sem strass e sem rendas. Seja feio e cale a boca: é hora do luto por você mesmo. Que mercado, entretanto, todas essas "donas-de-casa de mais de 50 anos" e todas essas adoráveis loucas de 70 que fazem esporte e também fazem amor, e que finalmente têm tempo de pensar em si. Os criadores de roupa íntima feminina são uns tapados.

Até aqui me debrucei sobre esse período de transição (mais ou menos longo conforme o indivíduo e sua capacidade de negação) entre dois estados: achar-se ainda jovem e saber-se definitivamente velho. Seja como for, é preciso admitir uma verdade perturbadora: somos velhos aos olhos dos outros bem antes de sê-lo aos nossos próprios olhos.

— Bom dia, vovó. Posso limpar o pára-brisa?

Na estrada de Nantes, nesse dia, uns jovens educados estavam oferecendo seus serviços aos motoristas, no pedágio. Não é possível: então eu tinha cara de avó? Através de um pára-brisa suspeito, olhando-me apenas por alguns segundos, será que alguém podia decretar que eu era uma avó? Por um instante, fiquei desconcertada. Mas também podia decretar que esse jovem era um idiota, e escolhi a segunda opção.

Além do mais, claro, também há o olhar das pessoas mais próximas. Do cônjuge, entre outros, cujo olhar, é bom que se saiba, objetivamente não tem valor. Adrien me ama, é verdade, mas como uma criança velha que tem medo de perder sua naninha. Para ele, eu não passo de um objeto transacional, como dizem os psicanalistas. É vital, concordo. Para ele.

O que aconteceria se eu ainda fizesse amor com Adrien? Ele tiraria suas próteses dentárias e não poderia mais me morder. Eu tiraria as minhas próteses auditivas e não poderia mais ouvir suas palavras de amor (se não tirar, elas assobiam quando alguém segura a minha cabeça. Se tirar, obrigo o outro a gritar "eu te amo", como Yves Montand ditando um telegrama de amor à moça do correio, num número famoso). Emitiríamos pequenos cacarejos, que o outro tomaria como gritos de êxtase, mas traduziriam uma ciática, uma cãibra ou alguma dificuldade para fazer um instrumento obsoleto avançar por um canal fora de uso. Eu gritaria: "Mas você me meteu um negócio enferrujado, Adrien! Tire isso de mim, por favor!"

Não, eu tentaria olhar para ele, mais uma vez, como uma mulher realizada. Por baixo do seu ar irônico, ele sempre teve muita admiração e amor por mim. Se nunca soube acariciar, é apenas questão de data de nascimento. Nascido em 1910, ele só ouviu falar em clitóris trinta anos mais tarde: tinha adquirido maus hábitos. Só os superdotados, desde sempre, descobriam os caminhos do prazer. Nós nos casamos em 1939, e a mim tampouco apresentaram o meu clitóris — nem o resto. Adrien tinha aprendido algumas manobras rudimentares, mas as praticava como se recita uma lição. É preciso inventar essas carícias a dois; do contrário, ficam trabalhosas como uma língua estrangeira que você aprende a falar mais tarde. Nunca terá uma boa pronúncia.

Infelizmente para ele, mas felizmente para o meu clitóris, Adrien foi aprisionado em 1940, e os anos de guerra e da Libertação me permitiram levar uma vida de moça livre, o que jamais tinha ousado fazer antes da guerra. Na sua volta, eu encontrara amor e esperança suficientes para fazer com ele, bem depressa, dois filhos: Xavier, que encontrou sua vocação no mar, mas que infelizmente vive e trabalha no fim do mundo. E não posso mais acompanhá-lo em seus mergulhos submarinos, assim como ele não vai estar junto a mim, ao que tudo indica, no meu mergulho final.

Tive a sorte de ter também uma filha, que consegue me fazer esquecer do abismo que nos separa: duas guerras e muitos anos. Marion é a mulher que eu adoraria ser, que sem dúvida eu poderia ter sido se não tivesse nascido em 1915. Ela não empregou e exauriu suas forças lutando por aqueles direitos e liberdades que eu tive de arrancar a picareta, um por um, como um mineiro, das profundezas onde estavam escondidos. O que me restou foi uma linguagem brutal, dizem, um rancor contra os homens e um gosto pela provocação que me prejudica. Minha filha é uma mulher em todos os sentidos da palavra. Já eu, não passo de uma senhora de boa família, só que insolente e mal-educada.

Marion pôde desenvolver seu humor, seu gosto de viver, seu dom para o amor e os amores. Além disso, tem a delicadeza de não me fazer envergonhar por minha velhice. Ela me ama como sou, ou me faz acreditar nisso. E me dá este presente: me faz pensar que precisa de mim no seu cotidiano e não apenas como uma mãe. O que aprecio ainda mais porque, deixando de lado minha "irmãzinha" Hélène, dez anos mais nova que eu e que trato um pouco como uma segunda filha, eu não soube estabelecer com os meus netos a tal relação que tantos amigos anunciavam como a mais gratificante da vida. É verdade que eu nunca larguei meu trabalho para me "consagrar" à família. Só a expressão já me causava horror: em consagrar, eu via sacrifício. Ou coisa parecida! Também me recusei a ser chamada de "vovó". Já tinha perdido meu sobrenome ao casar e me recusava a perder também o nome ao me tornar avó. Afinal, eu não tivera o menor papel no nascimento dos meus netos, mas o principal no nascimento dos meus filhos. No dia em que os vemos disformes, pegajosos e indefesos em cima da nossa barriga, no dia em que eles pronunciam "mã-mã" pela primeira vez, sabemos que fomos apanhadas para sempre. Mamãe se torna uma espécie de senha, conhecida por todos e só nossa. E que abrirá todas as portas, para sempre.

Se não fui loucamente feliz como mulher com Adrien, fui como esposa. Há outros homens na Terra, felizmente, mas um único esposo. Pelo menos um de cada vez.

Ao olhar para a minha vida, entretanto, sinto um arrependimento: ter frustrado as minhas vocações. Aí também, é questão de data de nascimento. Eu sonhava ser uma grande repórter, *globe-trotter*, política, ministra, por que não? Eu, que só tive direito a voto aos 40 anos!

Pouco se fala do prejuízo que significa vir ao mundo sem qualquer direito civil ou jurídico e crescer sem um modelo feminino notável na História, com apenas quatro ou cinco figuras pouco estimulantes, há que se convir: a Santa Virgem, Joana D'Arc, a Bela Adormecida.

As três primeiras mulheres ministras — até então elas eram no máximo subsecretárias de Estado, até mesmo Irène Joliot-Curie, que acabara de receber o Nobel! — surgiram no governo de Léon Blum, em 1936! Obrigada, Léon, mas elas representavam uma aberração democrática, pois não tinham direito a voto!

Foi por causa dessa discriminação das mulheres que entrei no feminismo, como quem entra nas ordens, convicta de que era uma causa nobre que iria triunfar em breve. Eu ainda não sabia que as mulheres não eram NADA. Que ser feminista não trazia consideração, nem reconhecimento, nem celebridade duradoura. Ao contrário: a luta pelos direitos das mulheres nos prejudicava em todos os outros campos, os sérios, os válidos, os gloriosos.

Ah, é? Você milita a favor dos anticoncepcionais e do direito ao aborto? Interessante, dizem com um ar morno. E logo viram as costas ou levam a conversa para um assunto mais excitante.

Ah? Você assina a coluna "Nous, les Femmes" no *Courrier du Cœur*? Que original...

Aqui, sorriso malicioso. O sofrimento de uma mulher nunca é trágico ou apaixonante, é original.

Se você assinasse a coluna de futebol, lutasse pelo Greenpeace ou defendesse os golfinhos, as tartarugas, os corais, que interessante! Se você militasse contra as minas terrestres, a desidratação dos bebês na África ou a malária, apaixonante!

Eu a admiro, minha senhora.

Mas... as mulheres? Do que elas podem reclamar aqui? Todo francês tem a impressão de ter feito o máximo pelas mulheres. "E depois, elas têm a nós, pensam, os melhores amantes do mundo." Uma idéia persistente. A senhora é bonita demais, minha senhora, para contradizê-la... Um pouco de galanteio francês para refrear a conversa fiada da sirigaita.

Lutar contra esses adversários — eles eram uma legião antes de 1968 — acaba azedando o caráter. Preferi me isolar na coluna Correio das Leitoras, onde, para minha grande surpresa, adquiri renome e influência, vivi momentos raros, fiz inúmeras amizades e, enfim, ganhei bem a vida. O que me permitiu comprar para o meu filho o barco dos seus sonhos para melhor me deixar... mas ao menos ele realizou sua vocação de marinheiro, mergulhador e cineasta na equipe de Jacques Cousteau. E adquirir finalmente um pedaço de terra bretã, ao lado do "estábulo" que Adrien e eu compramos para Marion, para passarmos as férias, perto dela mas não na sua casa.

Mas ainda tenho um desgosto: escrevi inúmeros artigos, reportagens e textos diversos, mas esse gênero de escrita rodopia por algum tempo nas memórias, depois se desvanece como borboletas ou folhas mortas. Não tenho um livro com meu nome na minha estante, e esse vazio me entristece. Portanto, vou tratar de preenchê-lo. Mas, para esse novo gênero de trabalho, todo mundo me diz que é indispensável dispor de uma nova ferramenta: o computador. Eu desconfio: seria mais certo dizer que ele é que vai dispor de mim.

Mas, Alice, você tem de fazer isso. Você vai ver, não é nada, e depois não conseguirá mais ficar sem ele, dizem todos os meus amigos... de menos de 60 anos.

Mamãe, se você não começar com o computador agora, depois será muito tarde. É sua última chance antes da aposentadoria. Vai ser incrível para o seu trabalho, você vai ver.

Afinal, Alice, você não vai escrever um livro com cola e tesouras como na Idade Média! Todos os escritores têm computador, pelo menos para processamento de texto, disse meu amigo Julien, o único para quem contei o segredo além do meu marido.

Eu sou contra, disse Adrien. Você vai trazer o Belzebu para dentro de casa. Não fomos programados para isso, nem você nem eu. Você vai ficar maluca, Alice.

De qualquer forma, Adrien é sempre contra, e esse é um motivo a mais para eu fazer pé firme. Com mais de 70 anos, já não tenho todas as minhas capacidades, é claro, mas ainda tenho muitas, e nenhum tempo a perder. Portanto, indago sobre os melhores fornecedores de Paris, as marcas recomendadas, os vendedores mais competentes e tiro minha bicicleta da garagem, no fundo do quintal, já que o meu trajeto passa por ciclovias, esses preciosos corredores protegidos que me pouparam da aposentadoria como ciclista. E um belo dia me apresento numa importante loja de informática no boulevard Saint-Germain.

— Queria ver um computador portátil, por favor. Basicamente para processamento de texto. Procuro um modelo simples e fácil de usar. Sou escritora... mas iniciante em computadores...

Sorrio humildemente. Já errei ao dizer escritora. Não perco por esperar: "Uma dessas chatas feministas! E ainda por cima uma coroa!", comentam os quatro rapazes que fingem estar muito ocupados atrás do balcão. Atenção: estou num Templo, não em uma loja comum. Um dos quatro oficiantes acaba se aproximando.

— Que modelo você deseja?

Nada de "senhora", é ridículo. Quanto ao famoso sorriso comercial, ele não é usado em um Templo.

— Estou aqui justamente para ser aconselhada. Mostre-me o que vocês têm de mais... rudimentar — digo para fazê-lo sorrir.

Errado! Pioro a minha situação. Ser velha já é malvisto, mas velha idiota, aí é demais. Nada é rudimentar entre essas jóias da tecnologia que me desafiam do alto das prateleiras. O jovem me indica, com desenvoltura, dois ou três equipamentos que ele nem se dá ao trabalho de pôr no balcão para que eu possa examinar.

— Você quer com monitor integrado? Ou externo?

O que seria o mais prático para uma velha idiota?

Faço algumas perguntas, imbecis a julgar pelas reações do vendedor. A gente ouve cada coisa neste mundo, pensa ele. Tenho vontade de retrucar que me formei com menção honrosa há mais de cinqüenta anos (não, não me interessa deixá-lo calcular minha idade), que fui professora de latim, grego, que sei manobrar um veleiro, remar em um porto atravancado, cozinhar um caranguejo flambado ao calvados, esquiar na neve fresca, o que mais? Um único comentário me faria ser respeitada, dizer com um ar confiante:

— Você já deve conhecer o computador que a Sony acaba de lançar, não? Eu o vi semana passada, em Tóquio, é incrível! Esse vai desbancar os últimos modelos americanos!

Mas não sei dizer essas coisas. Em vez de esnobá-lo, pergunto o peso deste ou daquele modelo, pois quero transportá-lo no verão para a Bretanha, e o vendedor pensa que, além de velha e idiota, sou uma velha idiota bretã, limite impensável... Mulher burra não tem necessariamente um espaço no mercado da informática.

Então, para que desperdiçar sua massa cinzenta (que ele possui em quantidade limitada, inversamente proporcional à sua grosseria, mas isso ele ainda não sabe). Com uma condescendência excessiva, afinal me aconselha a investir primeiro em uma máquina de escrever Hermès-Baby. Ainda se encontram em algumas lojas de ocasião. Depois me conduz com firmeza até a saída, concordando a contragosto em me deixar levar um maço de folhetos sobre os principais tipos de "máquina", já que eu insisto.

É com alívio que reencontro o ar poluído do boulevard, o ar indiferente dos passantes e a minha auto-estima, que recolho na sarjeta. Vou me virar sem esses fedelhos, mergulhar nos folhetos e decidir eu mesma o tipo de computador que me convém.

E vou me divertir muito, a julgar pelo ar radiante dos jovens que ilustram os diferentes modelos. Todos têm menos de 25 anos, nenhum com cabelos grisalhos, eu devia desconfiar! Mas nós, de mais de 60 anos, estamos acostumados a ver garotas impúberes elogiando cremes anti-rugas ou dando conselhos para varizes ou pernas inchadas.

Descubro logo de cara o modelo que vai servir: *Acer Power F1B: o sucesso da simplicidade.* Tudo o que eu quero. *256 Mb Memória RAM DDR extensível a 2 Gb. Placa 10/100, Ethernet integrada. E Combo DVD/CDRW.** De fato, a própria simplicidade! No texto de dez páginas, entendi apenas os artigos e as conjunções...

Passemos ao folheto seguinte e vejamos o *Altos G510, a escolha que se impõe.* O preço também é imponente. Sim, mas *Hotplug sem teclado!* Quanto menos peças houver, mais caro e mais fácil de manejar, não é? E, na mesma linha, ver o *Acer Ferrari. Vermelho, um verdadeiro Fórmula 1,*

---

*Esclareço que qualquer semelhança com os folhetos existentes não é fortuita.

digno de uma paixão total. Carroceria magnífica, sem dúvida, e por ser vermelho é ainda mais caro. Bom. É a mesma coisa com os eletrodomésticos. Mas o que procuro, antes que uma Ferrari, seria um Acer Twingo! Não é possível que não exista. Continuemos.

Em cada página de cada um dos folhetos, jovens belíssimos manipulam as tais máquinas rindo às gargalhadas. É visivelmente entusiasmante usar um computador. Muitos desses jovens são moçoilas, que sorriem extasiadas, completamente descontraídas, para mostrar bem que até a mulher mais estúpida domina a técnica sem esforço. Para mim, que sou formada em letras, será portanto uma brincadeira de criança.

Veja por exemplo o *Acer Aspire Travel Mate 1520*. Começamos bem, entendi tudo: Travel Mate quer dizer companheiro de viagem. *Abandone o seu computador de 64 bits*, recomendam. Este é *NEW*! A palavra-chave aqui é abandonar. Portanto, é preciso rejeitar o velho; e a velha junto, para não perder a viagem...

O modelo superior, a partir de 15 mil francos, u-lá-lá! Minha licenciatura em letras perde seu prestígio pouco a pouco, e afinal não leva a nada. Será que as competências adquiridas são um obstáculo à aquisição de novas competências?

E pensar que existem os *Acer palmatum purpureum*, tão fáceis de conseguir em qualquer viveiro, e por trezentos francos eu poderia adquirir um bambu de um metro, que plantaria em Kerdruc ou alhures, sem precisar espremer os miolos!

Coragem, Alice: vamos abrir esse lindo manual que se chama Modem. Palavra nada católica, esta! Aliás, não consta no meu *Littré*, nem no *Robert* em quatro volumes, nem mesmo no *Harraps* inglês-francês. Começamos bem!

"*É o fax-modem mais rápido do mercado* (eu teria preferido o mais lento, mas tudo bem). *Velocidade de transmissão de até 56 Kbits, retrocompatível com os Modems V34.*"

Ah, V34! Isso me traz à memória uma lembrança boa: os V8. Tive um V8 por um tempo. Tudo bem, o nosso não era "new", Adrien e eu compramos esse Ford V8 de segunda mão, nosso primeiro carro, em 1947. Oito cilindros em linha, sim, Madame!, dizia orgulhosamente Adrien. Perdão: sim, Modem!

Eu sabia calibrar, completar o óleo, desligar os cabos da bateria, trocar um pneu, de verdade, manejar o macaco, aparafusar o estepe e ir à oficina mais próxima para remendar o pneu furado. Pois naquele tempo a gente consertava, sim, Modem. Não se jogavam no lixo objetos que tinham servido, nem pessoas que tinham vivido.

Em suma, eu não era um zero. E no entanto só tirei minha habilitação aos 30 anos, por causa da guerra e da ocupação. Antes do nosso primeiro carro, eu circulava somente de bicicleta, e depois numa bicicleta motorizada. Mas nunca fui dessas vadias, obrigadas, quando estourava um pneu — e isso era freqüente naquele tempo —, a se plantar na beira da estrada numa pose provocante, fazendo sinais para que um motorista viesse mostrar onde estava o estepe, nunca consertado, e se encarregar de todas as manobras. Eu sabia, portanto, viver sem pedir socorro aos homens. Não é necessariamente uma qualidade, mas eu não imaginava que um dia, mesmo à custa de um esforço colossal, ficaria sozinha na beira da estrada.

Que chegaria o dia em que eu seria ejetada da sociedade dos vivos. Um zero à esquerda. Inepta. Inapta. Com o prazo de validade vencido como um iogurte.

Mas não desanimei. Eu não era uma ex-professora, uma jornalista, droga!? Nunca digo droga em público, uma palavra interessante mas que evoca um passado de menina educada num convento.

De modo que retomei a página 18 do User's Guide e imediatamente fui advertida: *"O programa de comunicação foi concebido para proteger o usuário da complexidade dos comandos AT. Portanto, é muito recomendável acionar o Modem por intermédio de um programa."* Ah! Eles reconhecem "a complexidade dos comandos"! Esse pessoal adora complexidades. Eles são incapazes de simplicidade, estão convencidos de que fazer complicado é prova de competência, quando é preciso muito mais inteligência para fazer simples. Mas como iriam nos dominar se os compreendêssemos? Além do mais, eu nem sei o que significa programa.

A seguir, a seção PROBLEMAS MAIS FREQÜENTES, muito mais fornida que a seção FUNCIONAMENTO. Nada tranqüilizador. E na conclusão do MODEM, três páginas de códigos de velocidade *de 2.400 bits/s ou 4.800, e até 921.600 bits com conexão de 931.600 ou 56.000 bits... bits bits bits...* Tem dó!!! *Mas se você não puder resolver suas dificuldades após a leitura deste manual do Modem, entre em contato com o seu revendedor para obter assistência. Em seguida, veja os dados V42 bis classe 5, todos os bits com controle de fluxo.* Aí, desanimei! Adrien tinha razão: Belzebu tinha entrado lá em casa e, sem os bits, não há salvação! Só me restava um recurso: entrar em contato com o bitolado do meu revendedor para que ele me explicasse o controle de fluxo. Em outras palavras, marquei o número de um jovem tecnocrata, amigo de uma amiga, apertando as teclas telefônicas estupidamente numeradas com algarismos luminosos de 0 a 9, e consegui chegar a um outro bitolado, que encarreguei de conseguir para mim um computador portátil, simples, insisti, mais uma impressora, para trabalhar com processamento de texto, já que eu fora intimada a renunciar à minha esplêndida Remington antiga e à minha pequena Hermès-Baby de viagem, que com os anos se tornara uma Hermès-Mammy. Essas duas fiéis companheiras tinham me acompanhado a vida toda, aceitando imprimir meus escritos em cinco exemplares graças ao papel de cera e aos carbonos Armor, que jamais me humilharam! Infelizmente, não se conseguia mais fita para máquina. Infelizmente, algumas teclas da minha Remington estavam travadas e eu tinha a impressão de pilotar uma carroça. Infelizmente, os raros técnicos que restam em Paris olharam para ela com o olhar enternecido de um paleontólogo ao descobrir uma mandíbula de mamute desdentado... mas nenhum deles dispunha de dentes de reposição. Como se faz com as velhas máquinas de costura Singer de pedal, expus minha Remington preta e dourada sobre um console, na entrada, como um objeto de arte. Muitos dos meus amigos que usaram uma Remington ou uma Underwood durante anos a acariciam ao passar. Ela vive uma aposentadoria bem merecida.

Quanto a mim, abri corajosamente minha porta para Belzebu: eu o possuo! Está sobre uma mesa que preparei só para ele, com sua bela tela azul dos mares do Sul, e tenho em mãos seu manual de instruções *"just for starters".* Até aqui, tudo vai bem.

ONE: *Begin unpacking.* Ah, begin! Surpreendo-me cantarolando essa maravilhosa canção, "Begin the biguine", maravilhosa porque surgiu logo antes da guerra de 1939 e foi suingando com essa beguine cantada por Artie Shaw que me apaixonei por Adrien. Nós nos casamos em 2 de setembro de 1939. Por azar, porque a guerra começou no dia 3! Então, *Begin unpacking. Começar a desembalar.* Isso eu descobriria sozinha. Eles nos consideram retardados ou o quê?

TWO: *Instale a bateria.* Nós dizemos PILHAS, mas vamos lá. Pode-se dizer também *Plaatz de battery* ou, se preferir, *Soet batteriet.*

THREE: *Ligar o computador na rede elétrica. Encienda la computadora.* Que bela língua o espanhol!

FOUR: *Begin use. Começando a utilizar.*

E o meu resumo em 14 línguas pára aí, à beira do abismo. Vire-se, diriam os rapazes da loja se tivessem coragem. Folheio o manual todo, procurando em vão um esquema, uma foto do teclado, conselhos para sublinhar, apagar, fazer uma margem... NADA! NADA em 14 idiomas.

São nove horas da manhã, estou em pleno domínio das minhas faculdades. Nenhum câncer detectado, nem colesterol, nem dor de cabeça, nem extra-sístoles. Está tudo bem. Então, retomo:

A fim de verificar se o Modem está funcionando, assegure-se de que os valores da Porta COM e do IRQ correspondem ao do seu programa.

E meu Q.I., você sabe o que o meu Q.I. diz? Vou logo avisando, jovens, tenho 121 de quociente intelectual, *ex aequo* com a jornalista Françoise Giroud. Segundo uma pesquisa da *L'Express* de alguns anos atrás, Cavanna tinha o Q.I. mais alto. Sendo a mais diplomada da nossa redação, representei honrosamente a *Nous, les Femmes*. Portanto, você não me assusta. Mas sinto crescer minha raiva contra os fabricantes de programas, criadores de computadores e outros tecnoassassinos. É claro que, como todos que utilizam uma linguagem codificada, eles se engenham (já que são engenheiros) para torná-la totalmente obscura para o comum dos mortais. Mas a raiva não faz bem para o colesterol. Na minha idade, os mais diversos sintomas estão sempre à espreita. O mais prudente seria desistir e reconhecer minha derrota... por enquanto. Digamos que Belzebu ganhou o primeiro round por nocaute técnico.

Falta reduzir a besta imunda ao silêncio. Procuro o botão On/Off. Está brincando? Isto não é uma torradeira elétrica. Você está no mundo mágico da eletrônica. Vá se foder! Fujo deixando todo o equipamento ligado e, no velho telefone, soluço nos ouvidos do meu revendedor. Ele está "muito ocupado, vai passar aí um dia desses".

Ligo para Marion, ela é severa. Não posso apelar para minha querida Hermès. "Se você a usar, nunca mais vai voltar para o computador. É sua última chance, mamãe. Resista."

Quanto a Xavier, que surfa tão brilhantemente na internet quanto nas ondas, ele está do outro lado do mundo, o covarde.

Adrien foi maravilhoso. Faz bem a ele me ver derrubada. Demonstrou uma ternura e uma compaixão que raramente manifesta. "Oh, fúria, oh, desespero, oh, velhice inimiga, você só viveu para esta infâmia?", declamou, propondo destroçar meu computador a golpes de martelo. Depois me levou a um dos melhores restaurantes de Paris, sabendo que minhas lamúrias não resistem a ovos mexidos com trufas e em seguida filé de linguado ao Chambertin.

Foi completamente por acaso, no pedicuro, que dois dias mais tarde eu soube que no supermercado Casino se pode comprar um *PC for dummies*, traduzido corretamente como "Manual para idiotas". Meu coração derrete desde as primeiras linhas: "Bem-vinda ao mundo do PC desmitificado, um livro em que a eletrônica não é sacralizada, e sim finalmente explicada a uma pessoa normal como você".

Por que os vendedores de computador escondem a existência do livro que salva? Por uma razão evidente, Alice! Sempre a mesma: é uma questão de não partilhar o poder. E, depois, o prazer de excluir os elos mais frágeis, todos esses fracos que cometeram o erro de nascer antes da era da eletrônica e que gostariam de ter acesso ao que veio depois, em vez de se dedicarem à tarefa para a qual foram programados e que fazem bem: os trabalhos domésticos. Será que os vendedores de computador querem ter acesso aos trabalhos domésticos e concorrer com as mulheres? Isso lhes faria mal.

III

Brian e Marion

No cais da Brittany Ferries em Cork, num dia de verão de 1973, um belo tipo muito jovem espera uma mulher que não consegue esquecer. Ele é um desses irlandeses que parecem trazer no rosto a história trágica do seu país. Duas profundas rugas verticais cruzam sua face cor de tijolo, seus olhos muito pálidos sob as sobrancelhas espessas se abrem como que a contragosto para seu mundo interior, e seus cabelos, de um ruivo escuro, muito espessos e encaracolados, se abrandam com fios prateados sobre as têmporas, dando à cabeleira uma cor indefinível que, em alguns loiros ou ruivos, precede o branco sem passar pelo cinza. Ele tem cílios curtos e crespos como os cabelos e sardas nas mãos e nos antebraços. É de uma altura acima da média, e as mangas das suas roupas nunca chegam a cobrir seus punhos.

Em pé no cais, Brian espera a sua vida e já espera a tristeza de perdê-la 15 dias mais tarde; mas no momento só pode pensar no instante em que apertará essa mulher nos braços, abolindo a ausência, por mais longa que tenha sido.

Pois Brian é Tristão, é Lancelote, é Artur ou Gawain, é um Percival que jamais vai trazer o Graal e é um homem que espera uma mulher que jamais deixará de amar.

> *Sou o amante, oh Notre Dame da Noite?,*
>   *recita baixinho /*
> *...Sou o amante, oh Rainha das luzes /*
> *Tu cujo nome impronunciável atordoa os ecos*
> *das montanhas /*
> *Tu, imensa e bela no fundo dos tempos/*
> *Tu cujo nome é minha sombra /*
> *oh Moira, minha dama de luz...**

Todos os homens me evocam em algum momento da vida, mas poucos sabem ou ousam me nomear. É por isso que sempre me senti viver, se é que tal verbo me é permitido, entre os poetas dos países celtas, que souberam dar um lugar ao invisível, os mais loucos deles nativos dessa ilha da Irlanda, por tanto tempo isolada do resto do mundo e que "vive em um solo que transpira poesia por todos os poros de suas fontes, seus lagos, vales e colinas"**... O *Quiberon* tinha zarpado do porto de Roscoff 15 horas antes, debaixo de uma garoa. Agora sobe o rio de Cork sob uma chuva tão forte que mal se distinguem as margens. Existem 11 palavras em gaélico para definir os diferentes tipos de chuva, assim como há 14 em Quebec para descrever a neve em todos os seus

---
*Jean Markale, poema inédito, citado por Charles le Quintrec.
**Jean Markale, *Histoire des Celtes*.

estados. A temperatura caiu dez graus desde as costas bretãs, e aqui, esta manhã, o verão já parece ter terminado. Mas ao desembarcar na verde Erin é preciso renunciar aos próprios critérios, hábitos e escala de valores. O tempo não é pior na Irlanda que na França, é ruim de outro modo. Da mesma forma que Marion não ama Brian mais que Maurice, seu marido: ama de outro modo. É isto que facilita sua aterrissagem em outra vida, com outro homem, com quem ela falará de amor em uma língua que não é a sua.

Como Moira, tenho um fraco pelas histórias que exigem muito do destino. Admiro quando um pequeno número de humanos que pareciam dedicados a uma vida convencional, abençoada pela Igreja, aprovada por seu meio social, dotada de filhos, de trabalho, de preocupações, da cota habitual de alegrias e tristezas, admiro quando esses poucos crêem de repente no milagre e se comportam em segredo como deuses (estou falando dos deuses do Olimpo, claro, aqueles que me inventaram, travessos, gozadores e apaixonados pela Criação em todas as suas formas; ou seja, de divindades pagãs. Os outros, os monoteístas, incorrigíveis machos egocêntricos e despóticos, nunca entenderam nada de felicidade).

A esses humanos de que falo, a sorte fez um sinal. Eles o captaram sem saber que era um pedaço do céu, e alguns, com minha ajuda, conseguem se apropriar dele.

Quem no céu acreditava
E quem nunca foi um crente
Que importa o nome que davam
Ao clarão que a seus pés se acende...*

Sim, não importa, pois nada predispunha a filha de Alice e Adrien a se apaixonar, enquanto tudo predispunha Brian O'Connell, portador do gene do amor fatal dos gaéis, povo do Eterno Retorno e das paixões proibidas. Mas foi preciso um bom número de acasos e infortúnios para que houvesse o encontro desses dois. Dei uma ajudinha, do início até o final.

Brian tinha 30 anos e era piloto de uma empresa privada em Dublin. Marion tinha 19 e preparava em Paris um mestrado em História. Era uma morena de olhos azul acinzentados, bonita sem saber disso e muito tímida, que duvidava do seu poder de sedução e das suas chances de sucesso na vida. Mas justamente entre esses dois não foi uma questão de sedução ou de trama, eles eliminaram os habituais trabalhos de aproximação. Ao primeiro olhar, uma onda os colheu e não tiveram tempo de discutir. Quando Brian voltou para Dublin, alguns dias mais tarde, um laço indissolúvel se estabelecera entre eles. Era como se, desde o primeiro encontro, tivessem encontrado seus lugares um no outro para sempre.

Eles sentiram isso logo, mas se recusaram a acreditar, jovens e inexperientes demais para saber que esse tipo de coisa só acontece uma vez no decorrer de uma existência,

---
*Aragon.

e mais provavelmente nunca. Brian falava mal o francês e passava a vida entre a Europa e os Estados Unidos. Marion ia terminar seu curso de pedagogia e se preparava para ir lecionar na África no programa da Cooperação, com seu noivo Guillaume, grande repórter, especialista em África negra e apaixonado como ela por trekking e por desertos.

Os dois se corresponderam apaixonadamente durante algum tempo; mais tarde, menos. Depois a vida se encarregou de devolver cada um à sua própria trajetória. Eles ainda não sabiam que a lembrança dos dias e das noites que passaram juntos continuaria ardente para sempre. Também não sabiam que nunca mais, em toda a sua existência, estariam livres ao mesmo tempo para viver juntos.

O destino zomba da moralidade. Por que eu haveria de ter o menor escrúpulo em intervir às vezes nesta Terra, quando a vida, em termos de desventura e de injustiça, se encarrega de ultrapassar as previsões mais cruéis? Mas vejo que são tão poucos os escolhidos, tão poucos os homens ou mulheres aptos a reconhecer e a agarrar a felicidade, que muitas vezes fico tentada a esquecer o meu dever de ser discreta para que ocorra o improvável. Aliás, raramente tenho sucesso, pois as forças contrárias são tão numerosas em torno de cada ser humano e os destinos de cada ser tão múltiplos... Se eles soubessem! Tudo o que acontece à sua volta, tudo o que poderia ter sido, tudo que estava escrito e jamais aconteceu...

Durante um tempo, Marion até pensou em desviar seu rumo para a Irlanda, mas as cargas do cotidiano logo sufocaram o inverossímil episódio passional que ela mesma duvidava de ter vivido com Brian. Tinha passado no concurso e Guillaume a aguardava. Portanto, casou-se com ele e viveram felizes até o acidente: uma queda fatal de moto nas areias da Mauritânia, durante um dos primeiros ralis Paris–Dakar, menos de dois anos após o casamento.

Na euforia da juventude, quando ainda pensamos que a vida é plural e os homens incontáveis, e também por uma honestidade inata, Marion tinha parado de escrever a Brian desde o casamento. Não sabia que ele, perto dos 40 anos, acabara de perder a mãe, com quem ainda vivia, e estava muito só.

Obscuramente, sem dúvida ele também queria interpor o peso da realidade entre seu amor fantasiado por Marion e a vida cotidiana. Sua mãe sempre desejara vê-lo casado com Peggy Ahern, prima distante e amiga de infância. Ele acabou se decidindo. Quando, alguns meses mais tarde, recebeu a carta de Marion contando a morte do marido, Peggy já estava grávida.

Ocorre que ele também é de uma honestidade inata e, apesar do desespero, não se permitiu mais que algumas cartas por ano àquela que ele teme e anseia rever algum dia. A primeira é para anunciar o nascimento de um menino, batizado como Eamon em memória de Valera, o fundador da Irlanda livre. Foi sob a proteção dessa criança que eles retomaram uma correspondência regular, ocultando com o relato de suas vidas cotidianas as chamas de uma paixão que nenhum dos dois consegue apagar.

Mas o divórcio é proibido na Irlanda, e Brian é de um lugar onde a moral é onipotente e as responsabilidades paternas e conjugais proíbem qualquer esperança de evasão. E ele é um homem que não transige em relação ao dever. Pelo menos é o que pensa, até o dia em que a paixão o deixar em conflito com seus princípios.

Marion, que voltou do Senegal após a morte de Guillaume, leciona agora em Vincennes e, estimulada por Alice, sua mãe, apelidada na família de "incendiária", está se especializando em estudos feministas, ainda embrionários na França. Seu irmão, Xavier, vai terminar o Instituto de Cinema e começa a filmar documentários sobre o fundo do mar. É por seu intermédio que ela conhece Maurice, que também está terminando o Instituto e cuja ambigüidade, ubiqüidade e leveza a encantam. Ele escreve canções, roteiros, peças de teatro e programas de televisão e tem o dom de tornar a vida múltipla e apaixonante. Ama as jovens brilhantes, as mulheres maduras também, as ambiciosas, as inibidas também, as sem-escrúpulos excessivos, as ternas e as duras também, as diretoras e as secretárias... Marion não é nada disso e, no entanto, os dois vão ficar apaixonados, e não à toa, pois nunca deixarão de se surpreender, ao longo de todas as suas vidas, o que constitui um dos álibis mais seguros para o amor. Amélie nasce um ano após seu casamento. Sèverine-Constance virá mais tarde.

Como Moira, não posso fazer que nasça ou desapareça o amor entre dois seres. Só posso proporcionar um bom momento e deixar as coisas acontecerem. Por ocasião do 180º aniversário da expedição do general Hoche à Irlanda, o Trinity Collège organizava, justamente em Dublin, um colóquio sobre as relações franco-irlandesas durante a Revolução Francesa. Uma catástrofe, essa expedição, diga-se de passagem, como tudo o que aconteceu na Irlanda durante cinco séculos: era preciso ser louco para embarcar milhares de homens rumo a Brest a fim de levar nada menos que a Liberdade aos insurgentes dessa ilha, esfacelada após três séculos de dominação inglesa, devastada pela miséria e pela fome, e cujo exército secreto não passava de uma cambada de camponeses, católicos como os de Vendée e armados de lanças e forcados como eles. Mas não faltavam loucos na França durante essa Revolução de 1789, uma grande época para as Moiras, com a inacreditável vitória de Valmy contra os prussianos, com um exército de pobres, ou a prisão de Luís XVI em Varennes graças à olhadela de um chefe de Correios que chacoalhou a História. Era preciso ser louco também para desencadear a operação Irlanda, em pleno mês de Nivôse,* numa das costas mais inóspitas e mal cartografadas da Europa, Connemara e Kerry. É preciso que se diga que o general Hoche não tinha feito 30 anos!

Antes mesmo de aportar, dois terços dos navios foram dispersados por uma tempestade no sul da Inglaterra, e somente 15 barcos chegaram à baía de Bantry, onde o furacão fizera estragos. Soltaram as amarras na noite seguinte e foram obrigados a fugir, deixando a Irlanda sob a repressão feroz do Terror orangista.

Marion sempre fora apaixonada pela história atormentada desse país, tantas vezes confundida com a da França. Tinha trabalhado lá durante vários meses quando fazia sua tese, dedicada justamente a Wolf Tone, que se refugiou em Paris em 1792 e foi o inspirador da expedição

---

*Janeiro, no calendário republicano.

de Hoche. E que em 1798 seria condenado à forca em Dublin. Por essa razão ela fora convidada para o colóquio. Brian morava em Dublin e era impensável não avisá-lo da sua passagem. Como não recebeu resposta, pensou que ele não se arriscaria a revê-la. Foi esperá-la no aeroporto. Eles não se viam fazia anos, mas desde o primeiro olhar era como se nunca tivessem se distanciado e a sua história retomasse o curso, anulando os episódios intermediários. Não conseguiram conviver muito nessa semana, cada um ocupado com suas obrigações profissionais. Mas duas noites juntos foram suficientes para demonstrar que eram vítimas de um feitiço... ou de um encantamento, conforme o ponto de vista. O misticismo de Brian, assombrado pela noção católica de Pecado, fazia com que se sentisse enfeitiçado. O materialismo de Marion tendia à mesma conclusão, mas utilizando o júbilo. Durante todo o dia que passaram juntos ao fim do colóquio, tinham a impressão de estar em estado de amor permanente e ubíquo: no restaurante Russell, no cais da Liffey, no Donegal Shop, no National Museum, uma corrente, um tremor, um coração que se acelera, um olhar baixado porque se adivinha obsceno (o outro o percebe? Claro, percebe porque sente o mesmo!), a boca do outro da qual não se consegue desviar a vista, uma emoção que aflora e depois o pânico que os arrebata diante da idéia de que acabou, de que amanhã... Mas amanhã é o começo de outra história. Brian está abalado pela paixão e sabe que não vai se restabelecer. Uma estranha e consternada alegria o assalta. Marion, que gosta de forçar a sorte, está decidida a não perder mais qualquer oportunidade de reencontrá-lo. Ele é piloto, afinal... e vem com freqüência à França. Suas vidas de agora em diante estão ligadas, mesmo que cada um saiba que no momento nada pode ser alterado. Não se perguntam para onde vão. Eles vão... Isto é o mais comovente nos humanos, essa inconseqüência! Que sejam tão insensatos!

De modo que, num dia de verão de 1973, Marion se vê no cais das Brittany Ferries em Cork, procurando na multidão um homem que só tem olhos para ela. Seu marido, Maurice, está em Sydney, onde foi receber os navegadores da volta ao mundo. Peggy, a esposa de Brian, foi com o filho ficar junto da mãe, em Londres, para cuidar do seu pai que não está se recuperando bem de um ataque que o deixou hemiplégico.

Eles têm dez dias pela frente e decidiram se refugiar em Sneem, na pequena casa em Kerry onde Brian passou a infância.

IV

Sneem ou o edredom vermelho

A perspectiva desses dez dias, para nós que nunca tínhamos passado mais que algumas horas juntos, modificou os nossos comportamentos. A bulimia amorosa já não caía bem. Finalmente iríamos viver as etapas normais de qualquer relacionamento e, para começar, nos transformamos em um casal tímido, etapa que tínhamos pulado.

Duas horas de estrada separam Cork, onde acabo de desembarcar, de Sneem, onde Brian possui uma antiga casa de família, "meio escangalhada", ele confessa. A frase me preocupa: para que um irlandês diga isto, só pode tratar-se de ruínas! Tenho duas horas para conhecê-lo de novo, descobrir Brian em sua terra natal, saber um pouco mais a seu respeito, colocar minha mão sobre sua mão manchada de ferrugem, depois sobre sua coxa — mas educadamente, por ora —, enquanto cruzamos a bela cidade de Cork, depois Macroom, fazendo um desvio pelo porto de Bantry, que ele quer que eu conheça como lembrança da expedição de Hoche, chegando a Kenmare e, por fim, à vila multicolorida de Sneem e os poucos quilômetros que a separam de Blackwater Pier, uma cidadezinha abandonada, quase uma cidade-fantasma como tantas que se vêem no Oeste. Só restam alguns pedaços de paredes rasgadas por vãos de janelas sob telhados destroçados, onde algumas vigas ainda se erguem para o céu como braços implorando vingança e, no final do caminho caótico que morre entre os cardos azuis de uma praia, a "Old Cottage" de Brian, que já era *old* cento e cinqüenta anos atrás, quando os habitantes tiveram de escolher entre morrer de miséria no lugar ou emigrar para as Américas. Em cinco anos, um milhão e meio de irlandeses morreram de fome e um milhão teve de deixar o país.

O resultado, nos dois casos, foi um desastre para a Irlanda: igrejas católicas incendiadas pelos protestantes ingleses, moradias e castelos saqueados, vilas abandonadas, culturas esquecidas, províncias do Oeste condenadas à morte.

"*Or hell, or Connaught*",* disse Cromwell em 1654 numa frase célebre, quando confiscou três quartos das terras da Irlanda, impelindo para as regiões inférteis do Kerry e as costas selvagens do Connemara os dois milhões de gaéis que acabara de derrotar.

Foi o Connaught, e mais o inferno.

Brian já tinha me preparado para o espetáculo que nos aguardava, mas como exprimir o desamparo que quatro séculos mais tarde ainda constrange o visitante que descobre essas casas esqueléticas, que poderíamos chamar de ruínas de ruínas? Só a sua "Cottage" ainda estava em pé diante do mar, muito mais miserável que a mais miserável das

---

*"Connaught", província do Oeste irlandês.

nossas choupanas, apenas uma cabanazinha degradada com uma cobertura de placas com alcatrão e cercada por um jardim cheio de ervas daninhas e flores do campo, como encontrávamos na França à beira das estradas de terra, na minha infância, antes da invenção das roçadeiras.

— Por que você não pôs um teto de colmo como se fazia antes?

— Por causa da cisterna — responde Brian orgulhoso. A chuva não escorre sobre a palha. E também porque é muito caro. Antigamente cada camponês fazia o seu próprio teto, e não há mais camponeses por aqui. O colmo hoje é só para os turistas.

Ele me faz as honras da sua propriedade, um galpão recentemente remendado com um bote também remendado às pressas que pediu emprestado para que pudéssemos pescar. E a rede de lagostas, que ele aparentemente pegou de uma lixeira, na qual nenhum crustáceo bretão seria suficientemente ingênuo para se deixar apanhar! Tinham instalado um chuveiro atrás da casa, ao lado da cisterna, com uma porta de clarabóia que deixa passar a chuva e a umidade. Mas, afinal de contas, em um chuveiro...

Tendo em vista a posição dos cômodos, não descarto que seja preciso passar por fora para chegar lá... assim como ao mal denominado "vaso sanitário", rudimentar e com um assento sem tampa.

Sobre o mar docemente arrepiado ao longo da imensa praia reina uma luz que não ousa dizer seu nome e que não lembra a noite nem a manhã: é a luz que devia envolver os planetas antes da separação entre as águas e a terra, uma luz quase líquida. Mas não chovia de fato; enfim, não completamente. Apenas o suficiente para justificar que nos refugiássemos logo na casa. Concebida como uma cabana bretã, a construção se abria em um corredor central, com um cômodo de cada lado: o quarto à direita, a cozinha à esquerda, cada qual com uma lareira de tijolos onde haviam preparado fogo com uma bela turfa grossa, de onde saíam pedaços de palha. Exceto no corredor, com algumas pedras lisas assentadas, o chão é de terra batida. À guisa de móveis, baús e bancos de pinho mal aplainado; nas mesas antigas havia lampiões a querosene e, num canto, um fogão a gás e uma pia com uma torneira, aparição perturbadora nesse contexto.

Nós nos olhamos meio desamparados. De repente, Brian vê a casa pelos meus olhos e se pergunta se fez bem em me convidar. Não sabe o que dizer nem o que propor. Percebemos que não sabemos fazer nada juntos, a não ser amor! Nunca tivemos tempo de conversar sobre as coisas e sobre os outros... enquanto... Nunca fizemos juntos pequenos consertos, compras ou receitas. Questões banais, como "Quer uma bebida?" ou "E então, como vão as coisas?", parecem totalmente deslocadas, e nossas maneiras de estar à vontade perderam qualquer sentido de realidade. Estamos aqui, em um não-lugar onde a única verdade é o desejo pelo corpo cheio de vida do outro e o olhar enlouquecido que trocamos, onde acaba surgindo toda a violência dos nossos sentimentos. Sem uma palavra, nós nos deixamos aspirar um pelo outro, a resposta está em nós e o centro do universo é o lugar onde estamos.

Num canto do quarto, há uma velha cama rústica, muito alta, que range e estala a cada movimento nosso, com um colchão de palha forrado de um tecido sem uso que cheira a linho cru, como era antigamente na casa das nossas avós. Para nos aquecer, um edredom vermelho de penas que Brian acaba de trazer de Dublin.

— Não tive tempo de instalar você numa casa de verdade — cochicha. — Todo o tempo que eu passasse aqui seria tempo a menos para estar com você, entende?

— Fez bem, *my love*, seria muito trabalho de qualquer jeito: pelo visto ninguém vive aqui há um século.

— Mas claro que sim! Meus pais, há uns trinta anos. Eles é que construíram a cisterna e fizeram a pia. Tinham uma vaca no galpão, carneiros na colina de trás, além de um burro, lembro bem, para ir de charrete até Sneem. Mas não puderam ficar aqui: era como se fossem os únicos seres vivos em um cemitério! Acabaram se mudando quando eu tinha 8 ou 9 anos, para poder me mandar à escola. Fiquei desesperado. Eu não tinha medo dos mortos deste povoado. Eles falavam comigo. . eram meus amigos!

Imagino o meu ruivinho com 9 anos, mochila nas costas, sardas em todo o rosto e a nostalgia dos duendes e *leprechauns* que assombravam os pântanos da sua infância! E que ainda hoje assombram seus sonhos, posso jurar.

Amanhã vamos ter tempo de falar das nossas infâncias; a conversa não é o nosso modo de comunicação neste momento. Entendemos uma única linguagem: aquela que se cochicha sob um edredom de penas, no encantamento de tanta compreensão.

O amor é dito e feito quase à nossa revelia, sem que distingamos o início e o fim. Aliás, não há final, pois temos uma eternidade à nossa frente: dez dias! Antes que eu caísse no sono, Brian puxou o edredom até os meus ombros, num gesto vindo do fundo dos tempos que me enche os olhos de lágrimas. Adormeço como uma mulher do tempo das cavernas, sabendo que o seu homem vai cuidar dela, colocando uma pele de animal para protegê-la das feras e dos maus espíritos.

Nem sei mais se dormimos naquela noite. Brian levantava-se vez por outra para pôr lenha na lareira, onde crepitavam baixinho chamas azuis como fogos-fátuos.

Ao amanhecer, me levantei para ver pela janela minúscula de que cinza estava a chuva. Ondas de espuma se perseguiam lá embaixo, na praia. Parecia que uma rajada de vento se preparava, mas depois o céu mudou de idéia subitamente e a paisagem ficou nítida e viva sob o sol. Maçaricos passeavam à beira da água, deixando sobre a areia úmida a marca estrelada de suas patas.

Na cozinha, Brian tinha preparado tudo! Pãezinhos assados na brasa, leite espumoso numa caneca lascada de porcelana inglesa onde se viam coelhos brincando numa trilha de botões de rosa. Os ingleses não resistem aos botões de rosa nem aos coelhinhos, e não perdoam os franceses por comerem guisado de Pernalonga!

— Não se mexa e olhe — diz Brian de repente, indicando a vereda com o queixo: um grande faisão dourado, enfeitado com uma cauda suntuosa, passeia majestosamente, como se estivesse em casa, seguido por sua faisã.

— Ao amanhecer, você vai ver: as lebres vêm brincar na grama. Aqui elas estão em casa, como os visons, as martas e as raposas. Não passamos de dois representantes de uma espécie desaparecida: somos nós os intrusos!

— Não é só isso não — exclamei. — Você viu que horas são? A água começa a baixar às dez horas! Se quisermos comer camarões e mariscos no almoço...

— Não é só isso, não? *It's not all that, no?* O que significa? Nunca vi isso no meu método de francês!

— Expressão intraduzível em inglês, e inexplicável em francês! Deixa-pra-lá, Brian: *letfall,* como você não diria. Vamos calçar as botas e arregaçar as mangas. Vim para pescar, e isso parece ser fantástico por aqui!

— Pescar com ou sem *s*?

— Ah, então este é o progresso que você fez em francês... Mas na pesca serão outros quinhentos, imagino...

— *Yes: another five hundred* — diz Brian, resignado com a opacidade das línguas estrangeiras.

Decidimos começar pela pesca a pé. Vamos colocar o barco na água ainda de noite, quando o mar estiver alto, arrastando-o sobre o que resta de uma doca que no passado deve ter servido para amarrar orgulhosos *curraghs*.* Ela está danificada e coberta de diversos destroços, cabos de corda desfiados, remos quebrados, ferramentas que parecem abandonadas há cinqüenta anos, pneus velhos e carcaças de fornos de fundição. Para os irlandeses, o mar é antes de mais nada uma lixeira. Eles são os campeões da bagunça, do quase-bom, do jeitinho. Não há nada de que gostem mais do que substituir cavilhas do motor fora de bordo por alfinetes de fraldas, remos por tábuas apodrecidas e a elegante costura dos cabos por um bom nó de cozinheira. Mas se as costas são lixeiras, nem por isso o mar

---
*Bote de pesca irlandês feito de couro animal. (*N. do T.*)

é um guarda-comida! Ninguém se preocupa em apanhar os mexilhões que deixam azulados os rochedos, de procurar camarões embaixo das laminárias ou de pegar as amêijoas que fazem centenas de buracos geminados na areia, como reparei ontem à noite. Melhor morrer que procurar seus petiscos no mar!

— E não se trata de uma figura de retórica — confirma Brian. — Quando as colheitas de batata foram destruídas pelos doríforos no último século, as pessoas morreram nestas costas, bem onde estamos, às centenas de milhares, em vez de se alimentarem dos produtos do mar! É uma das coisas que ninguém pode explicar neste país. Perguntei a historiadores, sociólogos, eruditos... seria uma proibição religiosa? Um tabu? A lei do ocupante, que proibia os irlandeses de possuírem uma embarcação?

— Mas pelo menos as crianças poderiam pescar a pé, para não morrer de fome! É muito maluca essa história.

— Tudo é louco neste país — diz Brian. — "A Irlanda é uma neurose", escreveu um dos nossos poetas, não lembro mais qual, são tantos...

— Todos eles poderiam ter escrito isso! Ninguém melhor que os escritores irlandeses para falar dos males da Irlanda.

— E para nunca se curarem deles, porém.

— Na minha opinião, Brian, só um feiticeiro poderia dar uma explicação. Como entender que o seu São Patrício tenha se aventurado a evangelizar a Europa numa bacia de pedra? Os vikings já possuíam os dracares,* mas

---

*Barco de guerra. (*N. do T.*)

esse monge gaélico preferiu uma bacia de granito... Que idéia de louco!

— Ao contrário — afirma Brian. — Vocês, da terra de Descartes, jamais vão compreender a Irlanda. E São Patrício sabia que a fé faz flutuar! Eles não tinham madeira para fazer um barco, nem experiência de navegar, mas tinham fé para dar e vender. Usaram o material que encontraram no local. E você conhece o resultado... abadias fundadas na França, Jumièges, Saint-Gall na Suíça, e muitas outras!

— Entretanto, mesmo para navegar na baía, tenho a impressão de que vai ser preciso uma fé inquebrantável para fazer a embarcação que você me mostrou há pouco flutuar... E eu, como sou descrente, corro o risco de nos fazer afundar! Estaremos mais tranqüilos na pesca a pé, principalmente com o equipamento que eu trouxe de Roscoff, olhe!

Desembrulho o meu novo brinquedo, um camaroeiro de cabo desmontável com engate em alumínio e uma rede azul dos mares do Sul. O Jaguar das redes para camarão! Aliás, eu tinha hesitado em amarrá-lo na minha mala de rodinhas, temendo parecer uma jeca viajando! Mas depois descobri que o ferry da Irlanda estava cheio de pescadores bretões e normandos munidos de equipamentos sofisticados para salmão e tubarão, molinetes de última geração e até tarrafas de náilon em suas mochilas! Eu estava longe de ser a mais ridícula entre todos *aqueles* doces maníacos...

— Doces? — protestou Brian — Vocês são predadores, isso sim! Assassinos! Como os caçadores de tigres na África. Igualzinho! Não é porque os peixes não gritam que...

— Pode falar à vontade, meu querido — exclamei enquanto entrava na água, que me pareceu glacial apesar da Corrente do Golfo. — Mesmo assim, estou equipada como um pescador das ilhas Faroë: perneiras, impermeável, sueste, um cesto a tiracolo, um saco para os camarões na cintura, um croque nas costas e o meu camaroeiro.

Tento uma primeira incursão embaixo de um tufo de laminárias qualquer, aos pés de um banco de areia que não parece nada especial, e é a emoção da minha vida! Trinta ou cinqüenta *palaemon serrata*, chamadas no comércio de "buquê real", tremulam como loucas no fundo da rede. Será que eu tinha caído num viveiro de moluscos? Não, embaixo de cada alga, em cada sinuosidade, no coração de cada moita submarina, pululam milhões desses bichinhos transparentes que ninguém incomodou durante séculos e séculos! Eu me viro para gritar meu entusiasmo a Brian:

— Está cheio de tigres aqui. A predadora está se regalando! É genial para você!

Ele está em pé no meio da baía, com água até a barriga, segurando com uma das mãos o cabo partido em dois e com a outra o pano rasgado da redinha que encontrara no galpão e que se partiu no primeiro seixo que enfrentou. Não tenho tempo para sentir pena: não há amor que resista ao imperativo de uma onda grande num eldorado como este.

Meu cesto fica cheio depressa, infelizmente, embora eu tenha jogado de volta ao mar miríades de camarões médios, que seriam considerados de primeira grandeza na Bretanha. Mas identifiquei uma dessas raras ondas sem algas em que a água vem perfeitamente transparente e, portanto, propícia para os ouriços-do-mar. Basta se abaixar: apanho vinte em poucos minutos, presos numa falha da rocha e que engordaram tanto sem encontrar inimigos que não podem mais se soltar; vou tirá-los de lá, coitadinhos... Tenho um canivete e engulo ali mesmo os que quebro ao arrancar. Eles não sofrerão por muito tempo...

— Você gosta de "ourriçou" — gritei para Brian, que está rondando pela baía sem convicção. Uma mímica de horror se desenha em seu rosto e me obriga a interromper a colheita por hoje.

Restam as amêijoas, os mariscos sob as pedras musgosas e algumas vieiras surpreendidas pela jusante e que tiveram a imprudência de se anunciar por aplausos sonoros.

Resta, sobretudo, o encantamento de descobrir nesse odor vigoroso que só o oceano possui as milhares de espécies em que o animal pouco a pouco se funde no vegetal, sem que se possa discernir a que reino pertencem todos esses organismos estranhos — corais, algas rosadas ou escuras, musgos debruados de babados —, coisas de todas as formas, que se mexem vagamente, produtos de uma imaginação delirante, que em sua maioria desapareceram das costas da velha Europa e subsistem somente em algumas ilhas do extremo oeste da Bretanha como espécies ameaçadas — perceves, holotúrias, cavalos-marinhos e outros hipocampos da minha infância em Concarneau.

É também o encantamento de ver caminhar ao meu encontro um espécime tão raro quanto um hipocampo: um centauro, talvez?... Vejo apenas a sua crina e o alto do seu corpo... Não, eis as duas pernas, então não é um centauro, é um homem suficientemente louco de amor para tomar uma pescadora das ilhas Faroë com o gorro de lã molhado, impermeável sujo de lama e perneiras a tiracolo por uma Vênus saindo das águas.

Então me livro de todos esses apetrechos que mal consigo carregar e voltamos esfalfados para aquela ruína que é preciso chamar de "casa".

Brian esquentou água para o balde do chuveiro, uma invenção genial, cujo fundo é furado como um regador e que acionamos puxando um cordão. *Sancta simplicitas!* E ele escancarou a porta do quarto e colocou uns pedaços de carvão na lareira para aquecer o reduto que insiste em chamar de toalete. Quando puxo a argola, desloco a trava e a água quente começa a jorrar. Nenhuma *jacuzzi* me pareceria mais luxuosa.

Na cozinha, ouço Brian resmungar enquanto joga os camarões vivos no caldeirão de água do mar fervente. Esperar que morram também seria cruel, e eles não ficariam tão bons, afirmei. Continuo a abrir os ouriços-do-mar, refogar as vieiras, rechear as amêijoas, abrir a garrafa de vodca, para degustarmos, gemendo de prazer, os frutos desse mar generoso como era em suas origens, que agora se ergue eriçado pela chuva, ocultando de mim seus ingênuos camarões, que se julgam livres embaixo de suas largas laminárias ("o que será que aconteceu com os nossos colegas?", perguntam eles...), sem saber que amanhã têm um encontro marcado com uma francesa impiedosa que não lhes dará sossego.

Antes mesmo de descascar seu último camarão, com o sorriso dissimulado de um vendedor, Brian me mostra o céu, que agora se derrama sob a forma daquilo que o

Kerry Man, o jornal local, chama de "*heavy rain*". Sabendo que sou viciada em pesca durante as grandes marés, ele tinha me prometido que só faríamos amor durante o dia em caso de "*heavy rain*". Conhecendo o seu país, não estava se arriscando muito: por pouco não passamos dez dias na cama!

Olhamo-nos como dois drogados em estado de abstinência, sabendo que o remédio está ali, debaixo do edredom vermelho. E desatamos a rir como dois bobos alegres. Porque coisa nenhuma nos atrai a não ser nós mesmos. Porque aqui não há telefone, nem vizinhos, nem eletricidade, nem outra moral que não a lei da vida, porque não existe nada além dessa chuva cúmplice e desse edredom vermelho; rimos de tanto nos desejarmos, como daqui a dez dias choraremos por não termos saciado esse desejo e por tudo conspirar para nos separar.

Mas cada amor tem a sua eternidade, e ainda estamos no primeiro dia da nossa.

Fica claro até as 11 da noite neste extremo oeste da Europa. Ainda tenho tempo de preparar a isca com um peixe que pesquei de manhã entre os camarões e de armar a rede com pedaços de barbante e arame encontrados na doca.

— Você está virando irlandesa — comenta Brian.

— Com todo esse Paddy que você me fez beber, é inevitável!

Com poucas remadas colocamos a rede na baía, sob um rochedo na entrada de uma gruta que eu adoraria escolher como domicílio se fosse lagosta.

Voltando para a vila, onde a natureza pouco a pouco recuperou seus direitos, colhemos uma imensa braçada de gramíneas e flores selvagens com nomes de antigamente — celidônias, orquídeas, festucas, eupatórios violeta, papoulas e dedaleiras púrpura — para oferecer à casa de Brian, à qual ninguém dava nada havia trinta anos.

Fazemos um arranjo numa bacia de zinco pousada diretamente no chão, e a *old cottage* começa de repente a parecer uma verdadeira casa.

Falta cozinhar os mariscos sob a luz do lampião, enquanto Brian põe para secar nossas roupas de pesca em frente às lareiras, e elas logo soltam um vapor espesso, que se mistura ao cheiro agridoce da turfa. Lá fora, cai a noite e distinguimos as poucas árvores que sobrevivem entre as ruínas, entortadas numa mesma direção pelos ventos dominantes, parecendo velhos desgrenhados que não querem morrer. Pelas janelas estriadas de chuva e teias de aranha, vejo umas sombras que se precipitam entre as ruínas. Os que já viveram aqui tentam saber quem regressou para assombrar esses lugares. Clarões surgem em cada casa, velas acesas. Será que a porta está bem fechada? Ela é sacudida pelas rajadas, e a chuva se infiltra e escorre entre as tábuas separadas enquanto a porta do galpão bate sinistramente. É somente o vento, claro.

— Diz que eu estou sonhando, Brian...

Do outro lado do vidro, bem próximos, acabam de surgir dois olhos dourados que nos observam. Dois olhos amarelos, sem expressão e sem rosto em volta, que nos contemplam sem piscar.

— É uma raposa. Não tenha medo, elas nunca atacam.

— Diga para ela ir embora, você que sabe domar as almas mortas. Esse olhar me incomoda.

Brian se inclina para a janela e os olhos amarelos desaparecem. Ou se apagam.

— Minha pequena cartesiana vítima dos malefícios irlandeses, amo isso...

Aperto seu corpo compacto com meus braços e passo a mão sob a sua camisa para ter certeza de que ele está vivo. Como todos os ruivos, Brian tem a pele muito branca e macia nos locais mais secretos.

O que fazer numa noite como esta a não ser doze filhos, como os seus ancestrais?

— Amanhã à noite iremos ao Blind Fiddler, você vai ver, as pessoas aqui vão muito ao pub. Não se parece com nada que você conhece. Há um músico formidável, justamente esta semana, uma espécie de velho bardo errante... Vi os cartazes quando passei por Kenmare. Ele se chama Pecker Dunne. É muito conhecido por aqui.

Entre as rajadas de chuva e o estrondo próximo das ondas, um novo barulho de água nos põe em alerta: entra chuva no quarto por uma fenda da tela alcatroada, que começou a bater sobre o telhado. Brian não se aborrece por tão pouco e põe uma panela velha para recolher as gotas. Mas ela está furada, claro, e um filete de água escorre pela terra batida.

— Não se preocupe, não vai se espalhar. A terra batida suga a umidade. É a vantagem sobre o ladrilho.

Ele fala tão seriamente que não tenho coragem de caçoar. E se aproxima de mim tão seriamente que esqueço por que iria caçoar. Este homem faz amor como se estivesse rezando, e eu me ajoelho. Parece que vai chover e ventar por toda a eternidade. E não há outra realidade além desta vila de fantasmas e deste homem que me toma em seus braços, em suas pernas, e me devora.

De manhã, o céu é de um azul inocente como se nada tivesse acontecido, e saímos para puxar a rede, cuja bóia amarela e furada flutua valentemente. Cada um com um remo, margeamos ao longo da baía, onde frangos-d'água de bico vermelho levantam vôo à nossa chegada. Um casal de garças-reais nos observa com estupor: não havia registro desses estranhos mamíferos de duas patas em suas memórias de garça! Nem levei meu camaroeiro, com medo da tentação. Ainda temos um quilo de camarões grandes pescados ontem que, conforme o costume dos camponeses antes da era da carne congelada, estão pendurados em um saco, sob o teto do galpão, para escapar dos animais.

Dou um pulo para apanhar o arinque da rede de lagosta que lastreei com uma pedra pesada, já que não conheço a força das correntes daqui. Brian também não conhece muito bem; ele chama cada formação nebulosa pelo seu nome, mas não sabe como se chamam os recifes que dão a esta costa um aspecto infernal mesmo com tempo bom. Puxo a rede para bordo... duas lagostas estupefatas emergem ao sol: uma grande, de cerca de um quilo, e uma pequena lagosta-anã, como se costuma dizer sem consideração. Eu estava tão descrente que nem tinha um cesto onde guardá-las, tive de levá-las para terra na própria rede, pensando nos milhares de irlandeses que poderiam ter sobrevivido por aqui comendo lagosta todos os dias!

Não tínhamos nenhum recipiente onde cozinhá-las e as armazenamos na sombra, sob camadas de algas. Vamos ao mercado comprar uma panela daqui a pouco. Do jeito que anda a pesca, precisamos urgentemente de alguns utensílios, tesouras pontudas para abrir os ouriços-do-mar, quebra-nozes para as garras dos crustáceos, espetos para os burgaus. Aqui só encontrei um abridor de latas para os ignóbeis *beans* ao tomate que Brian tanto aprecia e um abridor de garrafas para a Guinness. Uma casa de homem e, ainda por cima, de homem irlandês, habituado ao despojamento.

O automóvel, um antigo Ford, não passa de um calhambeque prestes a morrer, mas combina com a paisagem: aqui os carneiros se sentem em casa, e os raros veículos a motor esperam espremidos onde podem pela passagem dos rebanhos, que nem olham para eles e jamais apressam o passo.

Atravessamos uma paisagem de matagais, cobertos por uma grenha de urzes e juncos rosa, amarelo e violeta que revestem o solo como uma grande manta de lã angorá tricolor, parecida com as que encontramos aqui em todas as "*craft-shops*".* Dos dois lados da estrada, turfeiras se alinham como fatias de pudim enegrecido, que camponeses da mesma cor cortam com enxadas e fazem secar nos acostamentos sob sol e chuva. Aqui, ninguém liga para as intempéries.

Cruzamos com pequenos carrinhos de duas rodas puxados por burros minúsculos que recolhem o leite nas fazendas, com alguns cicloturistas corajosos com suas pelerines de náilon e umas silhuetas esqueléticas típicas da

---

*Lojas de artesanato local.

Irlanda, velhos camponeses corpulentos que, com seus bonés na cabeça, ignoram soberbamente o impermeável ou o encerado e usam ternos de tweed desbotados pelo uso e pela negligência irlandesa, caminhando longe de qualquer povoado, pelas estradas sempre brilhantes de chuva — e que, com toda certeza, não levam a parte alguma — ou então sentados em taludes de pedras para esperar Godot, ou qualquer outro, pelo tempo que for.

Kenmare, a uma hora de viagem, é uma "grande vila camponesa, famosa por sua feira de gado", diz o meu guia. De fato, a lama e o esterco cobrem a praça e a Main Street, onde patinam vaquinhas combativas, bois folgazões e cabras daninhas...

Aqui os animais também são celtas e têm comportamentos absurdos.

Raros turistas se insinuam entre os galinheiros e montes de palha para chegar às *craft-shops*, que exibem todos os mesmos artigos rudimentares, empilhados sem arte nas vitrines: carneiros de pelúcia com lã trançada, pulôveres brancos das ilhas de Aran, duros como a injustiça, chaveiros enfeitados com harpas célticas ou *shamrocks** e copos graduados para café irlandês. Na praça, um monumento aos mortos, sempre florido, porque aqui, conta Brian, os irlandeses consideram que a guerra da independência não terminou. No Norte ainda se morre todos os dias, em Belfast, em Londonderry, nesse Ulster que ainda faz parte do Reino Unido. Em Dublin fingimos esquecer,

---

*O trevo, emblema da Irlanda.

mas em Gaeltacht* as pessoas ainda não assinaram a paz. Amanhã, em Caherciveen, mostrarei a você o famoso monumento aos mortos: um menir encimado por uma cruz céltica trazendo, suspensa, uma lista de nomes. E uma data: 1917, início da guerra civil, seguida de um espaço vazio. Enquanto a ilha inteira não for independente, a data permanecerá em branco... Tenho um primo no IRA, aliás... como todo mundo.

— Tenho a impressão de que nesta ilha vocês estão em guerra há séculos. "Meu Deus, os celtas assassinados, tenha pena!!"... Você conhece o poeta bretão Xavier Grall, bebemos com ele em Pont-Aven, lembra?

— E ainda se chama Grall, que nome para um celta! Seria um belo epitáfio para esse monumento... aos mortos, muitas vezes ainda com vida, e que não sabem que um dia vão figurar lá.

— "A pedra já pensa onde seu nome se inscreve", é exatamente o poema de Aragon. Um pouco como a Resistência durante a Ocupação.

— Sim, mas para nós isso já dura cinqüenta anos, entende? Aqui nada acontece normalmente, sabe, nem a paz, nem a guerra.

— Nem o amor — acrescenta Marion, sem saber muito bem por quê, mas para ela isto é uma evidência.

Enquanto esperamos a hora do espetáculo, jantamos no "melhor restaurante de Kenmare", segundo o meu guia. Ele é imundo, como de costume. O escalope de vitela é de búfalo ou de mamute mal descongelado, as ostras rechea-

---
*País dos gaéis, onde a língua oficial é o gaélico.

das estão endurecidas, só o salmão selvagem está delicioso. E, como entrada, eles têm o cinismo de sugerir um cocktail gelado de "shrimps" britânicos, afogados num ketchup americano. Ninguém parece desconfiar de que ao longo da costa oeste pululam esses mesmos crustáceos, que só precisam ser apanhados e custam quinhentos francos o quilo em Paris. Falo com a proprietária e conto o preço dos ouriços-do-mar em nossos grandes restaurantes, no La Coupole, no Dôme. Ela arregala os olhos horrorizada e me toma por doida. Afinal, nós comemos rãs e caramujos, como alguém pode confiar em nós?

Às dez horas vamos para o Blind Fiddler. Pecker Dunne só se apresentará às 11. Mas o pub já está cheio de famílias irlandesas típicas: crianças de todas as idades, uma ou duas religiosas em roupa tradicional, duas ou três mulheres grávidas com seu bebê mais recente nos braços, avós, doentes em cadeiras de rodas, moças encantadoras e moças medonhas; os homens estão no bar e bebericam suas Guinness fumando cachimbo, enquanto o fogo de turfa, companheiro fiel, arde em silêncio. Num estrado, uma garota canta, acompanhando-se ao acordeão, canções célebres que falam da aflição irlandesa, da crueldade inglesa, da guerra, da morte ou do exílio dos jovens. Os aldeões, com coturnos enlameados e bonés de tweed na cabeça, erguem-se para maldizer Margaret Thatcher nas canções, para exaltar as proezas dos heróis da Irlanda, o rei Brian Boru, David O'Connell, e para se comover com Molly Malone.

Num canto da pista, quatro meninas deliciosas dançam à irlandesa, braços imóveis ao longo do corpo, agitando somente suas pernas magricelas na cadência.

Ainda não tínhamos pedido nossos *irish coffees*, mas a garçonete deixa dois em nossa mesa, "oferecidos por aqueles quatro senhores ali, diz ela. É em homenagem ao general De Gaulle, que esteve aqui em 1970. Eles ouviram que a senhora é francesa e lhe dão as boas-vindas, assim como ao senhor".

Eu os cumprimento, em mão à fumaça, no outro lado do pub, onde agora todo mundo começou a dançar. Não sei se Brian gosta de dançar, mas nos levantamos arrastados pelo acordeão, ao qual se juntaram um violão e uma gaita-de-foles. Todos estão na pista, sem distinção de idade, de elegância, de beleza. Dançam, tenham 15 ou 75 anos, *swing*, *bourrée*, se não se souber nenhuma outra, rock e, principalmente, qualquer coisa. Uma mocinha divertida, espremida em seu jeans, com as bochechas cheias de sardas, ensina um brutamontes muito aplicado a dançar o rap. Para mostrar melhor, tira os sapatos e de repente brotam asas de seus pés, de seus braços; ela é tomada pela graça.

Já Brian dança como um urso, mas eu adoro os ursos. Ele me aperta contra seu corpo, e não peço mais nada enquanto observo com inveja as asas da mocinha. Ela me faz um sinal amistoso e me estende a mão... Sem pensar, também tiro as sandálias e eis que também brotam asas dos meus pés, das mãos, começo a rodopiar, deixo o abrigo dos braços de Brian, danço sozinha pela alegria de dançar e me sinto livre pela primeira vez na vida... Sorrio de prazer, sinto vontade de gritar: "Pronto, mamãe, olha, tenho o dom. Aconteceu, mamãe: Olha! É o milagre de Lourdes, não estou mais paralisada..." É como se eu tivesse me livrado de um sortilégio, do remorso lancinante de nunca ter me aventurado. Nunca soube? Nunca consegui? Nunca entendi o que me bloqueava desde a adolescência. Uma timidez doentia? Vergonha de ter um corpo de mulher? A recusa da sedução, inculcada nas tão amadas, aliás em demasia, escolas cristãs onde fiz todos os meus estudos? Sim, tudo isso. Mas por que essas noções que eu rejeitava e condenava havia tanto tempo continuavam impressas em meu comportamento?

A explosão de maio de 1968 poderia ter me salvado. Mas chegou tarde para mim, eu já tinha 27 anos. O cimento já havia secado. Pratico esportes, esquio, nado sem complexos, por que sou incapaz de dançar? A ponto de Alice, terrível perfeccionista, me obrigar a tomar lições. Na academia Georges e Rosie, da Rue de Varenne, estudei valsa, rumba, *swing* durante semanas, sem fazer o menor progresso. Eu sabia o que fazer, mas o impulso se perdia no caminho e eu era incapaz de transmitir uma ordem às minhas pernas. Só gostei do *slow* e do tango, porque permanecíamos fundidos no parceiro. Se me soltarem, permaneço na posição em que me deixaram... E de repente, esta noite, neste velho pub decaído, meu corpo se eletrificou, a corrente passou. "Olha, mamãe, estou dançando. Mamãe, tenho o dom!" E ninguém aqui para me dizer: "O que há com você, Marion? Está bêbada ou o quê?"

Será o amor louco e incondicional de Brian? O *irish coffee*? O público variado que me rodeia, essencialmente camponês, em vez daquela onipresença de jovens arrogantes e garotas sexy e seguras de si que vemos nas boates parisienses? Ao menos era assim que eu os via, pobre imbecil! E por tanto tempo você teve medo dos garotos, pobre, pobre imbecil! Nos anos 1960, eu os via como os senhores do meu destino. Qualquer que fosse meu valor pessoal, eles é que determinariam o meu status, o status de todas nós.

Eu via minhas amigas do Curso Sainte-Clotilde se tornarem esposas, uma a uma, de oficiais da Marinha em Toulon, de engenheiros em Saint-Quentin, de adidos culturais em Dusseldorf ou Vladivostok, de atores desempregados, de vice-prefeitos em Yssingeaux ou — o que aos meus olhos era ainda pior — esposas de Cristo no fundo de um convento. Não havia crise de vocações nos anos 1960, nem para o casamento nem para o sacerdócio. Cheguei até mesmo a ver Hélène, a jovem irmã de Alice, cheia de dotes artísticos e ambição, aceitar se casar com Victor, um mestre no pensamento e um amo na vida, 12 anos mais velho que ela, médico da Assistência Pública, que a transformou numa estátua de esposa perfeita. E nunca mais se tornou a ver o elfo e a poeta que ela tinha sido.

Na minha geração, uma das últimas na França a se mostrar assim tão dócil, o futuro de uma moça era como um acampamento provisório, todas se preparavam para perder seu sobrenome e às vezes até sua pátria.

Agora me dou conta de que amei Maurice por causa do intenso respeito que ele tinha pela liberdade. A dele primeiro, é claro. Mas, por mais que lhe custasse, a do outro também. E, no entanto, ele não conseguiu me libertar do medo, esse medo incurável que tantas meninas experimentaram e que parecia uma característica própria. Agora, quando às vezes podemos nos tornar Homens como os outros, em determinados países e em certas circunstâncias, essa característica que se julgava inata surge como é: um condicionamento imposto.

A circunstância para mim foi sem dúvida o amor de Brian. E o encontro dessa região da Irlanda onde o milagre é comum. E foi por isso que sua filha começou a dançar esta noite, Alice, como sempre soube fazer. Não era preciso ir à Georges e Rosie... Afinal tudo está na cabeça, inclusive os pés!

Às onze e meia, por fim, Pecker Dunne chegou. Embriagado, sujo, hirsuto, andrajoso, velho, mas cantando feito um vagabundo inspirado, como Vissotski, como Philippe Léotard, com uma voz cortada pelo álcool e que cortava o coração. Velho fauno de cachos cinzentos, tocando todos os instrumentos, gaita-de-foles, harpa ou banjo, lendo poemas, proferindo discursos incendiários, ele manteve a assistência durante duas horas sob o charme de sua feiúra magnífica.

— Nós, irlandeses de Gaeltacht — avisou para começar —, nunca soubemos fazer nada, concordo! Mas somos os melhores oradores desde os gregos. Foi Oscar Wilde quem disse isto.

No quarto *irish coffee*, eu já estava cantando o heroísmo do IRA e o ódio ao inglês, e Bobby Sands, morto numa greve de fome nas prisões de Belfast, e Bernadette Devlin e a cruel Margaret e a pérfida Albion.

Brian nos levou de volta a Blackwater fazendo seu carrinho correr como um Jaguar pelas estradinhas em ziguezague sempre desertas, já que essas vilas costeiras estão desabitadas há mais de um século, e talvez os mortos possam acender as velas em suas casas, mas não dirigem automóveis.

Tudo tem um fim, mesmo a eternidade. Os dias se sucedem, as lagostas se agitam na rede, sem falar dos caranguejos e siris ou de um linguado que apanhamos num banco de areia puxando a velha redinha de camarões, reparada à irlandesa. Sem mencionar as duas tempestades entremeadas de sol e de gansos-patola, trazidos das ilhas Skellig pelas rajadas e que mergulharam na baía como... verdadeiros patolas, oferecendo o mais belo espetáculo de circo do mundo só para nós dois. Se a Irlanda não se parece com nada nem com ninguém é porque, segundo Brian, ela nunca foi "maculada" pela invasão romana. Só que de mais nada ela foi poupada no decorrer dos dez últimos séculos. O que se pode ser aqui, senão alcoólatra, poeta ou louco?

— Os três ao mesmo tempo — responde Brian. — Sabe, aqui nós vivemos de amor louco, poesia e álcool, que aquece melhor que a turfa, "cujo poder calorífico é fraco", como diz o seu famoso *Guide Bleu*!

— Mas o que vocês faziam em Blackwater à noite, sem jornais, sem televisão, sem amigos, sem telefone, sem eletricidade? — perguntará Alice no meu retorno.

— Ficávamos juntos, mamãe, mais nada. Isso ocupava todo o espaço.

— Mas não se pode fazer amor sem parar!

— Em primeiro lugar, pode-se sim. Fazendo todo o resto, ainda fazíamos amor.

Não me atrevo a perguntar se ela conheceu... A intimidade mãe-filha não deve ser a mesma das amigas. Ela fica feliz com o que lhe confio, mas nunca exige mais. E eu poderia jurar que ela não conheceu um Brian. São poucos os Brian sobre a Terra. E eu poderia jurar que Adrien nunca se ocupou de um clitóris. Pensar isto me tranqüiliza. A vida sexual dos nossos pais é opaca e misteriosa, e assim deve permanecer para que eles possam ocupar totalmente os lugares insubstituíveis de pai e mãe.

Pela primeira vez, na véspera da partida, eu me observei com outros olhos que não os de Brian. Aliás, o pequeno espelho pregado acima da pia estava quebrado. Como tudo aqui. Mas bastou para me mostrar que nos deterioramos rápido neste país. Após chegar sob a forma de uma parisiense elegante há oito dias, agora estou irreconhecível. Desalinhada, nunca completamente dessalgada, com as mãos ásperas, as roupas constantemente impregnadas de um aroma de crustáceo e um odor de suco de caranguejo até os cabelos. Não levei xampu nem bóbis, já que era impossível utilizar um secador. Sendo assim, decidi ir ao cabeleireiro, quer dizer, à única cabeleireira num raio de vinte quilômetros o Beauty Saloon não passa de uma cozinha equipada de bacias, secadores e cadeiras de jardim, comandado por três jovens que cantarolam constantemente melodias de rock vindas de um rádio ligado a todo volume. Uma delas se apodera de mim e observa minha juba com um ar de desaprovação. A outra borrifa Brian inteiro, enquanto relata, de regador na mão, uma aventura amorosa que parece fascinar a colega. A terceira não dá a menor atenção às minhas instruções e engendra um *brushing* arrepiado exatamente igual ao dela! Eu imploro: "Sem desfiar, *please!*" enquanto ela passeia um pente desfia-cabelos sobre o meu crânio inteiro. E, antes mesmo de conseguir pronunciar "sem fixador", recebo um jato de laquê malcheiroso nos olhos e em cada um dos penachos que se erguem sobre a minha cabeça. É tarde demais para protestar. Só uma outra lavagem me salvaria.

Enquanto pago — algumas libras apenas —, ela me observa com satisfação: *"Much nicer"*, avalia.

— *Yes indeed* — responde Brian, que a muito custo contém o riso.

Em Caherciveen, a cidade grande, compramos o jornal local para ver onde Pecker Dunne se apresentará esta noite, pois eu adoraria ouvi-lo outra vez para comprovar se o encantamento é para valer. Mas no fim de semana ele vai estar na famosa Puck Fair de Tralee, a festa do Bode, infelizmente muito distante para nós.

Voltamos a Blackwater sem falar, como um velho casal. Tudo já foi dito, nós nos entendemos sem frases. Vou sentir pela última vez o arrepio mortal que me oprime toda noite ao entrar no povoado, que parece um cenário de teatro que os atores tiveram de abandonar de repente. Vê-se que aqui só pode ter acontecido uma tragédia, cujos ecos ainda repercutem no cenário devastado.

Para a última noite, com as últimas amêijoas que não aprenderam a desconfiar dos humanos, as pobres inocentes, e que desentocamos da areia em todas as marés, preparo uma sopa que mereceria três estrelas e a seguir descemos para nos despedir da baía. Um pôr-do-sol excepcional ilumina as enormes ondas que vêm diretamente da Terra Nova sem encontrar obstáculo e que arremetem com furor contra a barreira rochosa que ainda protege

Blackwater. Com o tempo, elas desbastaram as partes mais frágeis deixando somente as pontas afiadas, como mandíbulas de tubarão, sempre espumantes de raiva, que desencorajam qualquer aproximação.

A rede de lagostas foi guardada no galpão, o bote recolocado no alto do porão e eu deixei meu camaroeiro e minhas pesadas botas de perneiras na cozinha, como uma promessa de regresso.

Sei que Peggy jamais virá a Blackwater Pier, a simples menção desse nome já lhe aperta o coração, pois teme sobretudo que o marido decida restaurar uma casa que "expressa a morte de uma parte da Irlanda", em suas próprias palavras.

Você não pode saber, minha pequena Marion, mas também não vai voltar a Blackwater. Felizmente vocês nunca sabem essas coisas. Mais uma razão para que eu os inveje: Saber o futuro mata o futuro.

— *Let's not talk of love and chains or lives we can't unite* — murmura Brian, que não pode mais fazer amor nem falar de amor esta noite. — Sim, não falem mais de tudo isso que está a ponto de separá-los, para quê? Sob o edredom vermelho, continuem acordados, boca a boca e corpo a corpo, esperando passar essa noite terrível.

— Vou dizer em gaélico: "*Ta mo chroi istigh ionat*, Marion." Isso significa "*My heart is within you*". Meu coração está em você. É ainda mais que eu te amo.

A alvorada surge afinal, e é quase um alívio ter de voltar ao ferry. A casa que Brian fecha com um pobre cadeado enferrujado recupera imediatamente seu estado de ruína, e o silêncio da morte recai sobre o povoado. O faisão passa pelo caminho como se estivesse em casa, seguido de sua faisoa. Ninguém vai acender velas no povoado na próxima noite. Para assustar quem?

Quatro horas mais tarde, inclinada no peitoril do *Quiberon*, à medida que a costa quase risonha da Irlanda do Sul vai se apagando, Marion sente-se um pouco mais órfã a cada onda que passa. Não há palavra em francês para expressar a tristeza de perder um filho. Ela vê desaparecer no rastro do barco a criança, a menina, a mulher que o amor de Brian fez nascer dentro de si. E se dá conta com espanto de que não pensou na França durante dez dias, nem no texto que prometera escrever para a *Historia*, nem em seu apartamento parisiense, nem em Maurice e Amélie... Tinha vivido entre parênteses, e a existência que vai reencontrar amanhã lhe parece irreal.

Fique tranqüila, Marion: assim que puser os pés em Roscoff, amanhã ao amanhecer, será a parte irlandesa da sua vida que vai entrar nas brumas e que você vai olhar como uma dessas fotos sépia do passado, que nos fazem chorar, mas que sabemos que pertencem a um outro mundo.

Falo sem amarras, é verdade, porque como Moira ignoro tudo do real. Nunca senti o peso de um homem, de uma criança, de um eu te amo. Só sei o que os poetas escreveram. Eles me ensinaram tudo do pouco que entendo. É graças a eles, a alguns homens e, sobretudo, às mulheres, que às vezes, longe das cidades e das multidões, no rastro deixado pela alegria ou pelo desespero, em certos lugares habitados do oceano, olhando fazerem amor quando é apenas amor, que pareço sentir, ou melhor, pressentir, através do vazio sideral, o que significa VIVER.

V

Retorno à atmosfera

Assim como acontece com os foguetes, o mais delicado é o retorno à atmosfera. Reencontrar as leis da gravidade, voltar a falar francês, evitar temas escabrosos, não deixar escapar inadvertidamente um "*My love*" e, à noite, esperar até reconhecer o perfil do homem que dorme ao meu lado antes de dizer uma palavra ou fazer um gesto. Não toco em Maurice da mesma maneira que tocava em Brian. Ele logo perceberia. Trata-se, em suma, de voltar a ser a esposa de Maurice Le Becque e de aprisionar a imaginação irlandesa.

Maurice voltou da Austrália há dois dias, bronzeado, descansado, sedutor. No apartamento ainda deserto, teve tempo de vestir a toga de magistrado e manifestar a complacência distante daquele que abre mão de acusar a culpada. Eu tampouco nunca o acuso: evitamos o cara a cara até que os motivos dos nossos ciúmes, rancores ou humilhações se apaguem por trás dos motivos que temos para viver juntos. Os primeiros dias são muito difíceis. Tenho a impressão de que Maurice é uma jibóia devorando um animal grande demais para ele. Vejo a coisa avançar ao longo do seu tubo digestivo, que se distende a olhos vistos e sem dúvida penosamente. É longa, a jibóia!

Que atitude adotar enquanto ele digere? Ainda não encontrei o manual do sentimento de culpa. É preciso que ele sofra, é inevitável, e como sou a causa, tenho de pagar. Assim sendo, sem saber como me comportar, limito-me à mais banal das soluções: demonstrar um zelo excessivo.

Na verdade, a maioria das mulheres tem o péssimo costume de traduzir seus sentimentos, sejam de amor ou de dor, em trabalhos domésticos. Fazem horas extras em todas as modalidades. É verdade que me sinto muito mais culpada por ter fugido de casa durante dez dias com Brian do que Maurice de ter passado, talvez o dobro de tempo, só que mais habilmente dividido, é verdade, com pessoas que sem dúvida são, ainda por cima, minhas melhores amigas. Gostamos das mesmas pessoas, é normal e até mesmo desejável. O fato é que as minhas infrações me parecem menos aceitáveis que as de Maurice. E embora ele nunca tenha ousado admitir, estou certa de que compartilha essa opinião arcaica! Entretanto, nos primeiros anos da nossa vida em comum, estávamos decididos a formar um casal moderno, livre do peso da moral burguesa, dos preconceitos e dogmas religiosos, desembaraçados dos laços e grilhões que paralisaram, solidificaram e afinal destruíram tantos amantes dos séculos passados e tantos contemporâneos e amigos nossos.

Nós seríamos dois indivíduos respeitosos da liberdade do outro e ao mesmo tempo apaixonados um pelo outro. Continuamos valentemente a acreditar nisso, mas não conseguimos fazer *tábula rasa* do passado; não completamente. Os reflexos remontam ao fundo dos tempos, ou a ontem, simplesmente: emitimos opiniões... que não partilhamos. Fingimos desprezar o ciúme, que remoemos em segredo; em suma, sofremos como no tempo de Racine enquanto sustentamos as teorias de Sartre e Beauvoir. Um esforço meritório que às vezes rende frutos.

Assim, quando achei uma calcinha de renda preta que não conhecia ao fazer nossa cama de manhã, no segundo ano do nosso casamento, eu me contive para não gritar "ah, canalha!", lembrando que tinha me casado com Maurice por sua leveza e seu ideal de liberdade, e que não podia nem queria transformá-lo em esposo rígido e virtuoso Meu primeiro marido, Guillaume, tinha me deixado bastante inquieta, dez anos antes, ao afirmar que a fidelidade conjugal era a base de todo casamento. Não que eu tivesse por princípio enganá-lo, mas não queria permanecer fiel a ele por decreto.

Além do mais, havia um álibi para aquela calcinha de renda preta: nossa jovem doméstica dinamarquesa, ao que parece, tinha cedido aos encantos do livreiro da Félix Potin, o que me poupou, naquela noite, de receber Maurice no papel melodramático de esposa ultrajada. No entanto, eu chegara a considerar, não sem júbilo, a possibilidade de enganchar uma ponta de renda preta na porta do armário da escada, na esperança de ver Maurice confuso pelo menos uma vez! Mas, pensando bem, gosto mais de interpretar Racine que Feydeau! E aliás terminamos com Giraudoux, graças à nossa Ondina escandinava... a menos que essa montagem tenha sido obra da habilidade de Maurice em sair sempre ileso das piores situações.

Alice e Adrien, que mais ou menos se hospedaram em nossa casa para "cuidar de Amélie" na nossa ausência, ficaram alguns dias mais, agora para cuidar de nós. Mamãe está a par da história de Brian e sabe que a sua presença facilita a nossa convalescença. Mas ela também precisa de nós, pois está vivendo um drama: o redator-chefe de *Nous, les Femmes* acaba de dispensar seus serviços "para que a correspondência das leitoras passe a ser respondida por uma jornalista mais sintonizada com as jovens".

— Em suma, o crime de ser velha — avalia Alice. — Cometi o erro de continuar uma militante fervorosa e de não ser mais uma garota. Falha dupla!

Tendo entrado na revista nos anos 1960, no momento em que a publicação encabeçava a luta pelos direitos das mulheres, 15 anos mais tarde ela já era considerada uma *meia-oito* obsoleta, que não transigia em nada. Em toda parte as antigas combatentes desapareciam de cena e os jovens esqueciam até seus nomes, convencidos de que as mulheres sempre haviam usufruído de todas as liberdades, já que as encontraram desde o berço sem ter de levantar nem um dedinho. Depois de uma breve lua-de-mel após maio de 1968, todo movimento feminista um pouco mais obstinado caiu em desgraça na mídia e, logo depois, na opinião pública; a feminista tornou-se por definição feia, chata, mal-amada, inimiga do prazer e da verdadeira mulher, se possível estéril e provavelmente homossexual; era a cereja do bolo.

Na imprensa feminina, a reivindicação não tinha mais espaço e o feminismo era considerado uma neurose, resíduo dos anos 1970. Sem coragem para demitir uma das últimas "feministas históricas", como se dizia, a direção a encarregou de um editorial mensal em substituição à crônica semanal que lhe valera a fama; mas Alice decidiu se despedir fazendo escândalo, com um assunto que teve sua repercussão há uns 15 anos, mas que já não era apresentável no momento em que as *top models* encarnavam novamente a figura ideal de mulher. Escreveu um artigo provocador sobre o salto agulha, que estava fazendo um retorno triunfal, especialmente nas páginas de moda das revistas femininas, que não podiam brincar com as receitas publicitárias.

Eu também já imaginava superados os saltos agulhas, em voga dez anos antes e condenados pela classe médica. Esqueci um tanto rápido demais que as fantasias masculinas só estavam adormecidas. Nesse artigo incendiário, que aliás foi recusado, Alice afirmava que no inconsciente masculino o salto agulha era o equivalente ocidental dos pés das chinesas, transformados em mimosos pezinhos pelo uso de borzeguins de tortura entre os 2 e os 7 anos, até a deformação óssea irreversível. Cada um com seu método, mas o objetivo é o mesmo: tirar das mulheres a alegria de correr, a integridade do seu corpo, em uma palavra, a liberdade.

— O objetivo de uma mulher não é caminhar, que vulgaridade, mas sim fazer sonhar — afirmava Alice num tom incisivo. — E considero que os artesãos desse tipo de calçado são sádicos perversos.

Maurice ergue os olhos para o céu. É um jogo entre os dois; ele adora a sogra, que tinha nascido cedo demais em um mundo onde não pôde mostrar o seu valor. Já

Adrien cochila vagamente, como faz toda vez que sua mulher "dá aulas", como ele diz. Na verdade, considera a destituição de sua cara-metade uma ótima notícia. Vítima resignada de uma overdose de feminismo, destilado ao longo de seus 50 anos de vida em comum, ele pensa ingenuamente que a aposentadoria de Alice vai lhe proporcionar uma companheira atenta a todos os pequenos males que ele pretende multiplicar e diversificar, sem falar das doenças da velhice entre as quais terá de escolher. Aposentado há muitos anos, ele já fez sua regressão infantil e não ousa admitir que seu sonho seria chamar a mulher de "mamãe".

Muitos de seus contemporâneos já tiveram a sorte de desfrutar de uma segunda mamãe, voltando à infância e à dependência que tanto apreciaram outrora. Adrien conheceu Alice pequenininha; cantavam as mesmas cantigas na escola, e ele não podia ser mais feliz do que quando tentava lembrar com sua mulher as letras de

> *Bão balalão, o rei das Araras*
> *Fazendo a barba*
> *Cortou a cara...*

Ou de

> *Pomponeta peta*
> *Petá, petá, per ruge*
> *Pomponeta peta*
> *Petá, pe trim!*

Com quem mais ele poderia cantar *Pomponeta peta*? Mas Alice era cruel, ela se recusava a perdoar sua calvície e sua barriga e a regressar com ele às praias encantadoras da infância.

— Você não sabe o que sua mãe me respondeu ontem — contou ele a Marion —, quando reclamei porque ela vai para Kerdruc com a irmã e as crianças. Quando eu disse a ela: "Sem você, vou morrer de tédio, minha querida!", ela respondeu: "Basta você não viver de tédio!"

— Não é necessariamente um mau conselho, Adrien — diz Maurice.

— Obrigada, querido genro — diz Alice. — Eu luto constantemente para impedir que Adrien vire um traste velho! O que escrevo não lhe interessa mais. É por isso que tenho necessidade de falar com vocês. Ele fecha os olhos assim que eu abro a boca! E eu quero entender por que recusaram esse artigo! Só falo de coisas verdadeiras. Maurice e Marion, julguem vocês: em primeiro lugar, sabiam que com um salto a partir de dezesseis centímetros o pé fica na vertical, como prolongamento da perna? E que o polígono de sustentação é reduzido às pontas dos pobres dedinhos, catastroficamente arregaçados para garantir um mínimo de presença no chão? Monstruoso, não é? Pois as mulheres conseguem se equilibrar, apesar desse horror anatômico!

— Eu jamais poderia usar — diz Marion. — Tenho tornozelos fracos...

— Minha pergunta é: por que as mulheres aceitam os ditames da moda? Serão estúpidas?

— Eu não diria isso — intervém Adrien.

— Mas vocês não sabem o melhor, acho que foi por isso que o jornal acabou recusando o meu artigo. Eu demonstrava que o salto agulha tem uma vantagem suplementar: tirar do jogo as macacas velhas! A menor artrose do joelho ou da coxa, ou mesmo uma entorse comum, obriga de fato a colocar o pé diretamente no chão. Resultado: nada de salto agulha para as velhas! Assim, os machos não correm o risco de confundir as que estão começando a envelhecer com as jovens garotinhas do bando! Eu concluía dizendo que toda a estratégia dos homens, desde o golpe sujo dado pelas feministas ao seu ego superdimensionado, era no sentido de recolocar as mulheres numa posição de precariedade: tentativa bem-sucedida. A segunda manobra consistia em limitar a vida das macacas em etapas supostamente intransponíveis, a começar pela menopausa, que os nossos gorilas diplomados se recusaram a tratar durante muito tempo. "Deixe a natureza seguir seu curso, minha senhora, os hormônios são perigosos", declarava o meu ginecologista, há vinte anos, sentado em sua mesa de trabalho onde eu podia ver um cinzeiro transbordante, um maço de Chesterfield, um cachimbo Dunhill e uma caixa de charutos cubanos oferecida por uma cliente agradecida!

"O tabaco também é perigoso, caro doutor!", disse a ele, antes de mudar de médico e me livrar dos acessos de calor graças a um ginecologista que você me recomendou, Marion... E vocês se lembram do dia em que uma fêmea, uma em milhões, conseguiu ultrapassar a idade fatídica e pôs no mundo um bebê com a ajuda de um bruxo italiano? A imprensa ficou histérica. Essa mãe era uma criminosa! E fui a única a defendê-la...

— Não, mamãe, Elisabeth Badinter também defendeu o direito das mulheres a procriar quando quisessem... mesmo depois da menopausa, se fosse o caso. De qualquer forma, não é esta a questão...

— Um século antes — diz Maurice —, esse Dr. Antinori teria sido condenado à fogueira!

— Bem, meus queridos, vamos falar de outra coisa e perdoem a minha exaltação. Vocês acabam de assistir à última apresentação pública de Madame Alice Trajan, a quem seu redator-chefe acaba de dizer: "Está na hora de nanar, não quero mais ouvir seus rosnados."

Alice pisca várias vezes para enviar às narinas algumas lágrimas que ameaçavam transbordar.

— Mamãe, quando você vai se decidir a enterrar seu machado de guerra? Você pode se orgulhar do que fez, mas agora esqueça. Minha geração se beneficia de todas as suas lutas, por mais que pareça em plena regressão. Quanto às revistas femininas, agora elas têm interesses comuns com a moda e a beleza. Ninguém está ligando para o feminismo. É por isso que prefiro ensinar e escrever livros; e olhe que o tema do meu próximo livro vai ser justamente a morte da imprensa feminista. Enfim, o eclipse, digamos. Será o volume II da minha *História da misoginia*.

Maurice finge surpresa... há tempos que a aconselha a escrever um romance desta vez!

— O próximo vai ser um romance, Maurice, prometo. Mas ainda era preciso acrescentar alguma coisa ao primeiro volume, que se referia à misoginia corrente, normal, digamos, a dos homens, bem conhecida. O segundo volume se chamará *A automisoginia*, ou seja, o esporte praticado pelas mulheres contra si mesmas! É um bom título, hein?

— Genial — diz Alice. — E você poderia resumir isso numa fórmula que se ouve por toda parte: "Eu não sou feminista, mas..." Até Françoise Giroud cometeu essa infâmia quando era secretária de Estado para a Condição Feminina, uma vergonha!

— Aí você tem um tema interessante — diz Maurice, sempre sincero. — E que não foi muito explorado até aqui, porque é muito mais agradável deixar o trabalho sujo para os outros! A difamação das mulheres, a aceitação das imagens tradicionais, a exaltação da verdadeira mulher são muito mais devastadoras quando partem de uma mulher que do macho de plantão!

— Ah, bem que precisaríamos de mulheres como você em nossas fileiras, meu cabritinho!

E lá estamos nós nas águas piscosas das discussões intelectuais que adoramos, longe dos turbilhões mortais do amor e do ciúme. No entanto, eu gostaria muito de falar da Irlanda com Maurice. Ele adoraria o país. Contar-lhe o banho de um pintarroxo certa manhã numa tigela deixada ao ar livre, a lagosta que espetei em sua toca pela primeira vez na minha vida, os pubs e o gosto que adquiri pelo *irish coffee*... mas nunca mais ousaria pedir um *irish coffee* na frente de Maurice... Ele jogou no chão da cozinha a caixa de copos graduados que eu lhe trouxe da Irlanda. Cinco dos seis copos explodiram!

— É o presente que traz para um velho titio? — gritou.

Era a primeira vez que eu via esse olhar de raiva e que ele se permitia um gesto violento. Ali senti como é possível, um dia, num segundo, com qualquer homem ou quase, ser uma mulher agredida. E como a nossa liberdade é frágil. E dolorosa para o outro.

É claro que continuo ligada a Brian como que por um encantamento. Mas nunca me esqueço de que minha vida terrestre é Maurice, é minha Amélie, é Alice, minha mãe que precisará de ajuda para envelhecer, é Hélène, minha tia, e o livro que vou escrever. Brian é o meu lado oculto, a parte de céu que me caiu sobre a cabeça e que talvez me permita viver o outro lado, num equilíbrio entre o irreal e o cotidiano.

Resta um problema: que lugar deixar para o céu sem pôr minha vida terrestre em perigo mas também sem apagar a fagulha, aquela que jamais se acende duas vezes? Vou passar a vida procurando a resposta. Mas as perguntas é que são o sal da vida. Das respostas é preciso se proteger: elas podem matar.

VI

A sororidade — Alice e Hélène

"Paris

Querida Hélène, não consigo me habituar à sua ausência. A pequena Minnie da minha infância partiu levando um bom pedaço do meu passado, e a cicatrização é difícil na minha idade. Para me consolar, rearrumo todo o nosso quarto, apesar das reticências de Adrien, que não gosta de mudanças. Mas chega uma idade em que se torna imperativo viver num espaço fresco e jovem, e se possível surpreendente, do contrário é preferível acomodar-se diretamente no caixão.

Não escrevi antes porque meu bisneto esteve em casa durante uma semana, e isso foi muito duro. Para os dois, acho. Adrien saiu pela tangente. Foi caçar galo-selvagem com o primo. A solução dos problemas pela fuga! É bom, é conveniente, é radical e é viril! Curiosamente, isso nunca parece estar ao nosso alcance... Desta vez, foi a minha pequena Amélie quem me recrutou: ela foi descansar na montanha, e bem que estava precisando. Marion tinha um colóquio em Dublin e não podia acudir a filha. Ora, não gosto de ver a minha descendência se degradar! Essas moças de hoje, com ambiente mais confortável, uma profissão que escolheram, marido entre os 25% que *participam* (somente 25%, é verdade, mas ainda fico comovida, até mesmo chocada, ao ver um homem passar roupa!), essas moças que estão com cerca de 30 anos levam uma vida extenuante. Que nós, ex-filhas modelo, ex-moças submissas e esposas tradicionais, ao menos no início, não conhecemos.

São stakhanovistas: amor e amores, independência financeira e moral, cultura e amizade, um ou dois esportes, um ou dois amantes, um ou dois filhos... e tudo isso sem as facilidades com que nós, as burguesas de antes de 1968, contávamos. E ia me esquecendo de que também contávamos com avós de antigamente, disponíveis, quando solicitadas, para quintas-feiras, fins de semana e férias, avós que sabiam bater claras em neve, fazer arroz-doce e mousse de chocolate em vez de comprar em forminhas. Avós que modestamente cheiravam a violeta e não a Opium de Saint Laurent... Avós *sui generis*, que não usavam shorts, nem iam para o Egito no Natal com suas "amigas".

Com rendimentos equivalentes, todas nós tínhamos uma *empregadinha*, bretã de preferência, desde o nascimento dos nossos filhos. E Marion contou com uma série de encantadoras moças *au pair* (e com Maurice também, *I presume*).

A pobre Amélie teve de inscrever seu feto numa creche desde o terceiro mês de gravidez e fazer malabarismos com horários de maternal, greves nas escolas, baby-sitters que somem mais freqüentemente do que chegam, sem mencionar as exigências cada vez maiores dos nossos pequenos senhores e senhoras deste fim de século.

Na verdade, descobri com meu bisneto que eu era a atrasada! Com as minhas netas — segundo escalão na minha descendência —, não me senti abandonada. Eu era uma senhora mais velha, é verdade, mas não uma excluída.

Com meus filhos — primeiro escalão —, tive a alegria de ver entrar finalmente no seu cotidiano todas as resplandecentes liberdades pelas quais lutamos desde a Revolução Francesa, de modo geral, ou a partir de 1968, no que me diz respeito. Cada uma delas arrancada a fórceps e num clima de cólera que hoje esquecemos, porque somos irremediavelmente simplórias. Não sei se você já leu seriamente o excelente livro de Marion, *História da misoginia,* do qual sei muito bem o que Victor acha, não se incomode...

É muito mais instrutivo do que todas as histórias do feminismo, que aliás poucas mulheres se dão ao trabalho de ler. É o outro lado da moeda. E nossas filhas pensam que hoje a misoginia está fora de moda, pobres inocentes! Como as guerras religiosas, talvez? *"Isso nunca mais!"* — jamais ouvi nada mais vazio e mais desmobilizador do que essa frase. Por que lutar, já que "isso" não vai acontecer nunca mais? Mais genocídios, mais revoltas nos subterrâneos da periferia, mais asilos para os velhos, mais sem-tetos morrendo nas ruas abastadas das cidades, mais fome no Sahel enquanto os excedentes são incinerados na Europa, mais...

Vou parar, Hélène, juro. Mas você é minha única irmã, minha queridinha, e não posso mais chatear Adrien com os meus discursos; como todo mundo, ele concorda, mas está farto do feminismo. E a maravilha de ter uma irmã é que não há perigo de perdê-la!

Tenho você para sempre, e isso desde o primeiro segundo da sua vida, pequena invasora que, após nove anos, veio invadir meu domínio protegido de filha única, que eu contava preservar. Isso cria devéres, sabe...

Bem, voltemos a Valentin, de quase 7 anos, que hoje levei ao Museu Rodin. Mas não tive coragem de dizer a ele que eu brincava de arco ali quando tinha a sua idade, setenta anos antes! Um círculo de madeira, sem nenhum motor, empurrado com uma vara? Lastimável! Eu estaria definitivamente arruinada! Comprei-lhe um tanque com controle remoto. Ele já tem um celular e uma máquina fotográfica descartável. O que vai ter aos 12 anos? Um foguete Ariane?

Às cinco havia aula de judô, que ele não queria perder. Às seis, *seu* programa na TV. Passei o dia todo correndo. Lembra como nos entediávamos quando éramos crianças? Horas inteiras! Não é uma lembrança ruim. Aprendíamos a pensar, suponho, sonhávamos nesses momentos, lagarteávamos. Relíamos *Miquette et Polo* ou *Bécassine* ou *La Semaine de Suzette*, em que ninguém nunca matava ninguém. Atualmente, não nos atreveríamos a impor isso a eles!

— O que vamos fazer hoje, vovó?

— Meu querido, hoje nós vamos nos entediar. Das quatro às seis.

— De novo! Já nos entediamos ontem...

— É bom para a saúde e para a imaginação. Se não sabemos nos entediar, viramos idiotas!

Imagina a zorra. (Adoro esta palavra, cuja etimologia não encontro. Você, que tem um dicionário de gíria, pode me esclarecer?)

Antigamente, lembra?, nós detestávamos a nossa avó paterna. Era um sentimento bom, fortificante, nutritivo. Mas isso não excluía a obediência e um temor reverencial. Ah, eu adoraria suscitar essa reverência! Éramos esmagados pela sua presença imponente, e a chamávamos de avó como se disséssemos "rainha-mãe". Nada de vovó, vovozinha, sonoridades cremosas que minam de saída toda a nossa autoridade.

— Você não tem aparelho de DVD em casa? — perguntou Valentin, inspecionando minha sala antes de apanhar o controle remoto e ligar a televisão, muito grande e muito velha, portanto totalmente desprezível, que tenho em casa.

Você já notou que o controle remoto é uma extensão do pênis? Assim como na nossa juventude as mulheres nunca estavam ao volante dos "automóveis", na nossa velhice não estão com os comandos da televisão. O aparelho de rádio não era um instrumento sexista: para mexer nos botões era preciso se levantar. Todo mundo pode girar um botão! Por outro lado, a TV nos escapa completamente! Os programas se sucedem ante os nossos olhos aturdidos sem aviso prévio. Valentin apropriou-se do poder porque este lhe pertence por direito hereditário, unindo à onipotência infantil característica deste fim de século a primazia indiscutível do macho que ele já é. Se Adrien estivesse lá, o garoto sem dúvida o teria consultado com o olhar. Entre pênis, não é mesmo? É verdade que não participo do empreendimento coletivo de adoração familiar que está colocando Valentin no papel de tirano doméstico. Às vezes ele me lança um olhar surpreso, mas acho que simplesmente tomou a decisão de não me amar mais. Sou malvada, e pronto! E pouco me importa. Seus pais, que tiveram dificuldade para tê-lo (a PMA* faz milagres), e seus quatro avós são as vítimas deslumbradas de suas chantagens emocionais. Ele os controla como quer, e eles não vêem que isso pode vir a ser dramático amanhã.

Eu, que mal ou bem criei duas gerações fazendo malabarismos para impor minha autoridade, na terceira me calo. Questão de distância genealógica? Talvez. Para esse rebento que não tem meu sobrenome de solteira, nem o de casada, nem o sobrenome da mãe, e sim o de um sujeito até então desconhecido que irrompeu na vida de Amélie há apenas sete ou oito anos (e que, na minha opinião, está se retirando), mas que legalmente conseguiu plantar seu nome na "minha" família, tenho a impressão de ser uma estrela morta cuja luz não o atinge mais. Ele respeita um pouquinho mais suas avós... porque as crianças não têm nenhuma noção de idade. A idade é a deles, e ponto final. Tenha 60 ou 80 anos, para eles você é o mesmo velho tonto. E tem apenas 7 anos. Aos 8, dirá: velho imbecil!

E o que eu poderia inventar para impressioná-lo? Não velejo nem esquio mais e, de qualquer forma, já não é o mesmo esqui: não há mais bastões e, em muitos casos, nem mais esquis, e sim uma prancha única, o snowboard, que dispensa tudo que aprendi com meu pai, transmiti com

---

*PMA: Procriação Medicamente Assistida.

tanto orgulho aos meus filhos e mostrei aos meus netos... Tudo declinou, e mesmo a neve não é mais a mesma neve. Ela não cai mais só do céu, cai também de um canhão! E para distraí-lo à noite, o que eu poderia ensinar? O jogo de *Nain jaune*, com suas divisórias, suas fichas redondas ou oblongas, que encantavam nossas noites familiares? Durante quantos anos nós jogamos juntas o *Nain jaune*? Éramos de alguma forma retardadas?

E o jogo de damas? Por que não gamão?

Não me atrevo a propor que ele aprenda a tricotar e faça uma echarpe para dar a Amélie no Dia das Mães! Seria uma verdadeira surpresa. E nós tivemos tanto gosto em tricotar o enxoval dos nossos filhos, incluindo sapatinhos a quatro agulhas com buraquinhos para a fita de cetim. Eu não saberia mais fazê-los. Aliás, acabo de jogar fora todas as minhas agulhas, que encontrei no fundo de uma gaveta durante a obra no meu quarto. E vou contar uma coisa estranha, Hélène: todas aquelas agulhas multicoloridas, amarradas com um fio de lã desbotado, não me lembravam o ponto-arroz ou as tranças, tão difíceis de fazer. E sim... o aborto. Nossos abortos. O seu, único que eu saiba, e todos os meus.

Ainda me restava uma, daquelas que poderiam servir para *isso*, de metal pintado em cor pastel, com uma ponta prateada e bem arredondada. Aquelas de baquelita eram muito mais pontudas. E de repente revi você na sua cama, entregue às minhas inseguras competências; e eu, ajoelhada no tapete, tentando empurrar a sonda de borracha (cuja venda era proibida em farmácias na época, como se quisessem nos fazer correr um risco mortal a mais só para nos punir), tateando para fazê-la deslizar ao longo da agulha untada de vaselina e penetrar suavemente, sobretudo suavemente, no colo dessa cavidade maldita do útero, que todo mês poderia transtornar as nossas vidas. Não dá para imaginar, não dá mais para imaginar a nossa angústia quando *pegávamos* barriga. Teríamos tentado qualquer coisa. Qualquer coisa! Todas, ricas e pobres, adolescentes e mulheres que já pensavam estar na menopausa, putas e recatadas que tinham feito sexo somente uma vez e que estavam "prenhes", as abandonadas e as que já eram mães de cinco filhos, todas dispostas a deixar-se manipular por qualquer um, não importa como, a qualquer preço.

E os nossos maridos, Adrien e Victor, resignados com essa fatalidade feminina, esperando no cômodo ao lado, na sua bela sala de visitas tão decente e luxuosa, ao mesmo tempo culpados, envergonhados, furiosos, aterrorizados, mas determinados como nós.

Minha pequena Minnie, ainda me comove que você tenha ousado pôr sua vida nas mãos da sua irmã mais velha, que só havia praticado em si mesma, duas ou três vezes, e se limitara a estudar os livros de anatomia deixados por seu primeiro marido.

Eu tinha guardado duas dessas agulhas para alguma eventualidade... e, de fato, depois de você, ainda me servi dela mais uma vez, em mim. E quando houve necessidade de um aborto para Marion (vinte anos mais tarde e ainda estávamos no mesmo ponto, percebe?), bem, nesse caso eu não pude. Não se atenta contra a vida de um filho. Preferimos um caminho longo e incerto! Percorrer quatrocentos quilômetros para encontrar um médico em Brest que diziam ser compassivo e disposto a arriscar sua carreira — em troca de muito dinheiro, é claro. Aceitamos as suas condições após ouvir evasivas melosas ou impiedosas de todos os ginecologistas que tínhamos consultado em Paris. O "noivo" de Marion nos acompanhou corajosamente, mas ela o excretou... com o embrião! Ele tinha sido testemunha de momentos muito penosos.

Correu tudo bem, mas nunca lhe contei porque você teria se achado menos preciosa para mim que a minha filha. De forma alguma, maninha. Para a minha irmã, eu fazia como para mim. Mas minha filha será para sempre o pequeno ser frágil que eu tinha visto sair de mim. Não estava inquieta com você. No entanto, era a primeira vez que via uma mulher de frente, e de baixo, como só vêem os maridos, os amantes e os ginecologistas, ou outra mulher talvez, mas nunca a irmã. E via ainda melhor, querida, porque dispunha pela primeira vez de um espéculo conseguido pelo seu marido, então um jovem médico. Eu nunca precisara para mim mesma: não podendo ver com os olhos, era obrigada a me apalpar com os dedos. Que câimbras! Era bem mais difícil! Mas, depois de você, eu poderia ter sido uma fazedora de anjos e ganhar um bom dinheiro... sujeita a acabar na guilhotina como a lavadeira Marie-Louise Giraud em 1943, que o desgraçado do Pétain se recusou a perdoar — sua morte só serviu para elevar os preços e em nenhum caso para dissuadir quem quer fosse. Só ela, coitada!

Nunca vou esquecer a nossa catarse de DEPOIS, quando tomamos champanhe os quatro, rindo alto para mascarar o mal-estar e, no meu caso, o alívio de não ter "perfurado" você, como se dizia nas notícias sobre as "trágicas conseqüências de um aborto criminoso". Conforme o costume, como a hemorragia tinha sido aceitável, 48 horas mais tarde você compareceu à Polyclinique des Bleuets, habituada a esse tipo de procedimento para "aborto natural" (*sic*). Tudo acabou bem, mas evitamos tornar a falar nisso, de comum acordo.

E ontem eu olhava essa agulha com um sentimento de horror retrospectivo e dizia, uma vez mais, "obrigada, Simone, que nos libertou. Bendita seja, entre todas as mulheres e por todas as mulheres. Amém".

Minha querida, minha Minnie, preciso me despedir: meu energúmeno está gritando, como faz toda noite. Amélie me preveniu: ele tem pesadelos. Será que se imagina forçado a obedecer, talvez? Quanto a mim, não tenho mais nenhum espaço de liberdade, nem de noite, nem de dia. Vai ser bom devolvê-lo aos pais!

Da sua permanência aqui em casa, acho que lhe deixarei como herança apenas uma quadrinha com que me deleito, que Adrien aprendeu com a mãe e muitas vezes me cantarola no café-da-manhã:

A compota se esvazia
Passa nos furos do pão
Escorre por toda a fatia
E logo se espalha na mão!

Julgamos transmitir grandes coisas aos nossos filhos, e às vezes é por lembrancinhas de nada que permanecemos na sua memória.

Pela extensão da minha carta, você vê como sinto a sua falta. Escreva logo, contando como está se adaptando ao seu novo hábitat. Adrien e eu acabamos de reservar lugares num cruzeiro ao Vietnã, no *Mermoz*, que vai fazer uma de suas últimas viagens. Nós também, quem sabe? Adoraríamos fazer essa viagem com vocês!

Sua, Alice"

VII

A sororidade — *Hélène e Victor*

Hélène contemplava o homem estendido a seu lado. O amanhecer invadia suavemente o céu, projetando seus raios rosados sobre o rosto adormecido do marido. Victor ainda tinha um belo perfil. Um queixo enérgico, nariz adunco, sobrancelhas espantosamente negras e arrogantes. Mas de frente via-se que a energia e a arrogância estavam escorrendo e se acumulando em seu queixo duplo, com dois sulcos profundos de cada lado da boca. Seu pescoço era preenchido pouco a pouco pelos excedentes do rosto.

Hélène apalpou maquinalmente os maxilares e o pescoço. Por onde iria sair? Tudo cedia tão suavemente que ela podia fingir que nada tinha se alterado! O desagradável dessas casas de saúde é que o check-up era sistemático. Ela se julgava invencível, mas eis que sua ficha a acusava de osteoporose junto com uma distrofia óssea. Nunca tomou estrógenos: Victor se opunha. E ainda por cima uma de suas pontes tinha acabado de cair e era preciso extrair a raiz que partira.

Que a gente envelheça, ainda passa, mas é inadmissível que os consertos feitos a peso de ouro no decorrer da vida não consigam nos acompanhar até o fim da viagem. E, além das doenças, é preciso contar com os acidentes! Desde que o boxer do seu filho tentara devorar sua perna, dois anos antes, Hélène sofria de um tendão preso no tornozelo e arrastava a perna. Prescreveram vinte sessões de fisioterapia e, em caso de fracasso, seria preciso operar para evitar a retração.

Pelo menos em Saint-John-Perse havia inúmeros serviços, incluindo um cabeleireiro que se esforçava para impedir que seu rabo-de-cavalo, de um loiro bonito que tendia um pouco para o azinhavre, se transformasse num chuca-chuca. E também um oftalmologista, que conseguiu recuperar sem demora uma de suas lentes de contato que ficara colada sob a pálpebra.

Envelhecer era um trabalho em tempo integral. E, para piorar um pouco, custava muito caro! Mas, graças ao plano de saúde, Victor e ela estavam em Cannes, ambos sendo cuidados como em uma nave espacial e, principalmente por causa de Victor, com esse Parkinson, ela não se arrependia muito de ter saído de Paris.

"Passei cinqüenta anos da minha vida com 20 anos!", dizia Marcel Jouhandeau, que Hélène vira muitas vezes na sala de visitas de seus pais e de quem pensava que com 20 anos já parecia ter 50! Hélène poderia ter assumido esse comentário em relação a si mesma. Vivera tanto tempo com Victor, e para ele, secundando-o como assistente e secretária e indo junto com ele para Uagadugu, onde passava um mês por ano operando os tracomas das crianças do Alto Volta — que nesse meio-tempo passou a se chamar Burkina Fasso —, que não se deu conta de que não tinha mais 20 anos. Envelheceu de uma só vez, a partir do dia em que Victor teve de se aposentar antecipadamente após perceber os tremores na mão direita. "Se eu fosse pediatra ou cardiologista, teria podido trabalhar mais uns dois anos", dizia ele com amargura.

Uma vez que seu patrão era também seu esposo, Hélène foi condenada a uma aposentadoria antecipada junto com ele, tendo como única perspectiva um emprego de *papy-sitter* ao lado de um enfermo de caráter vingativo e rude.

— Arrume um amante enquanto você ainda tem sonhos — receitou Alice. — E rápido. Você não vai ter 64 anos por muito tempo, e terá 65 por menos tempo ainda, e assim por diante, estou avisando. Se os belos anos passam depressa, os menos belos passam ainda mais! Se não reagir logo, Minnie, você vai embarcar nesse tobogã com o seu Mickey. Eu digo que em um ano estará andando de bengala, com o pretexto de não ir mais rápido que ele, e em dois, vai ter um sentimento de culpa diante desse "pobre Victor" que ele fará tudo para atiçar, eu o conheço.

Alice, que tinha quase dez anos mais que a irmã, sempre o tratara com aspereza. Victor e ela se consideravam dois inimigos poderosos que se enfrentavam em tudo sem conseguir expulsar um ao outro de um território que ambos reivindicavam. Victor reprovava em Alice suas opiniões muito meia-oito e seu feminismo "exagerado", como se fosse possível lutar demasiado pela igualdade entre os sexos. E Alice, por sua vez, o atacava por ter fagocitado Hélène em seu benefício exclusivo, matando na raiz os dons artísticos que ela manifestara na adolescência.

Secretamente lisonjeada por ser objeto de rivalidade entre os dois seres humanos que mais amava no mundo, Hélène gostava muito de atiçar esse ciúme, pois cada um dos dois a protegia do poder absoluto do outro. Para ela, parecia estar na ordem natural das coisas que seu marido exercesse o poder exclusivo, mas a autoridade de Alice às vezes lhe pesava, sempre reivindicando um egoísmo necessário que Hélène tinha conseguido sufocar em sua própria vida à custa de períodos depressivos que nunca confessou ou quis reconhecer.

Hoje, a dureza de Alice em relação a esse menino que ela só chamava de "energúmeno" a escandalizava, ainda mais porque, tendo tido dois filhos com Victor, desde cedo se habituara à agressividade dos meninos, compensada, dizia ela, por sua comovente ternura.

"Você atribui à 'malvadeza' de Valentin os pesadelos que o acordam e fazem você acordar toda noite, escreveu à irmã. Eu sempre pensei que as crianças são aterrorizadas pela idéia da morte. No nascimento, elas ainda estão próximas do nada, e estou convencida de que no ventre materno já experimentam terrores inimagináveis. Aliás, nascem berrando. Nenhuma sorri. E esse sentimento de pavor as persegue ao longo de seus jovens anos. Nenhum adulto sente medo da morte de forma tão violenta quanto uma criança. Se elas acordam gritando à noite, os pais atribuem isso às cólicas ou aos dentes ou a uma necessidade perversa de chamar atenção. Na realidade, as crianças berram para a morte. Estão vivas há pouco e ainda não tiveram tempo de esquecer o estado anterior. Elas sabem de alguma coisa que nós negamos, e é preciso esperar a chegada da velhice para que ressurja a angústia do nada. As crianças são os mortos de ontem, e os velhos, os mortos de amanhã; estes, aliás, voltam à infância, fechando o círculo da vida."

"Ah! Você é mesmo uma espiritualista incurável, respondeu Alice. Fica no confortável papel de quem compreende esses pequenos seres adoráveis ('obrigatoriamente adoráveis', diria Duras) que são os nossos infelizes garotos. Continuo convencida de que a maioria deles não nos quer bem. Além do mais, não fazem a menor idéia da infelicidade ou do sofrimento alheios. Ninguém é mais cruel que uma criança com outra criança que possa desprezar ou dominar. Calculo que uns 10% dos meninos já nascem encrenqueiros e que, se esbarramos com um desses, só nos saímos bem impondo o temor reverencial de que eu falava na minha última carta, associado a uma disciplina de ferro. Do contrário, eles rapidamente começam a arrancar asas de moscas, e são os mesmos que mais tarde vão bater na mãe antes de violar as filhas e espancar a mulher. Eles têm que se incorporar a algum lugar, esses cafajestes!

Você vai me achar monstruosa. É um privilégio da idade, mocinha. Eu nunca me atreveria a dizer uma coisa dessas, nem a pensar, certamente, quando era mãe ou mesmo avó. Mas do mesmo modo que você diz que as crianças berram para a morte, eu afirmo que às vezes os anos cruéis que precedem a morte autorizam as velhas crianças que somos a botar a boca no mundo. Nós também começamos a chorar quando a noite chega, mas infelizmente não temos ninguém para nos ninar nem nada para nos consolar.

Porque nós sabemos por que choramos. Quanto aos nossos maridos, ou já estão mortos ou se tornaram indiferentes e têm seus próprios pesadelos. Nossos filhos já estão na casa dos cinqüenta, os meus pelo menos; é um momento difícil, eu me sentiria culpada por sobrecarregá-los. O que resta então? A quem se queixar? Adivinhe, minha querida!

E você não é somente minha irmã, é também uma boa pessoa: sorte dupla para mim. À medida que o tempo passa, eu me pergunto se a sororidade não é o sentimento mais autêntico, o menos desnaturado, o mais resistente, o mais impermeável aos acontecimentos, o mais que-se-dane-o-resto... é preciso tomar tantas precauções com o amor. Com uma irmã você ousa tudo, inclusive manter-se igual a si mesma, até o horror, se for necessário para a sua saúde mental!

Obrigada, Minnie, por me permitir ser horrível tendo a certeza de conservar o seu afeto. É tão bom! É tão raro sermos nós mesmos, afinal... e, sobretudo, com tão poucas pessoas...

Sua, Alice"

VIII

Brian e Peggy

"O inconsciente, é bom saber, não passa de um canalha estúpido."*

Foi pouco tempo após a estada de Marion em Blackwater que Peggy manifestou os primeiros sintomas de sua doença. Dificuldades de dicção, perturbações visuais, dores nas mãos e nos pés, perdas de equilíbrio, um quadro clínico preocupante que os médicos, depois de repetidos exames, punções lombares e scanners, diagnosticaram como uma variante de esclerose em placas.

"Afecção neurológica evolutiva do indivíduo jovem, evoluindo por acessos inflamatórios, surge entre os 20 e os 40 anos e em 70% dos casos ataca mulheres. Perda de autonomia, às vezes rápida, podendo levar à morte. Não há tratamento curativo, mas a reeducação dos pacientes é fundamental."

O que Marion descobriu em seu dicionário médico soava como uma marcha fúnebre. Para Peggy, claro. Para

---

*Catherine Clément, *Le Cherche Midi*, relato, ed. Stock.

Brian também, tentado a ver naquilo o castigo divino pelo seu mau comportamento. Para Marion, por fim, a quem a perspectiva de uma esposa destinada à cadeira de rodas e um filhinho que continuaria sendo único impunha o papel de Tentação inspirada pelo Demônio.

Como Moira que sou, já estava desanimada com tanta adversidade e quase inclinada a abandonar os dois heróis desta história que eu tive tanto prazer e tanta dificuldade em construir.

Mas são esses vieses, nos limites do ingovernável, esses amores, nos limites do inviável, que nos permitem deixar este mundo em paz com nós mesmos: cumprimos nosso contrato de vida e assumimos o risco de explorar o que o amor pode conter de louco, de sublime, de improvável e de ameaçado. Não gosto de deixar inacabada uma bela história. Qualquer coisa que possibilite mais uma chance pode servir.

Talvez houvesse esperança de salvar a situação, fazendo um truque à minha maneira.

Um truque nada fácil, sujeito a imponderáveis como os caprichos da natureza humana, tão naturalmente do contra, ou da moral, tão raramente ligada à felicidade. Mas de que adiantaria ser Moira se eu não fizesse milagres?

Em Dublin, o estado de Peggy piorava depressa, a tal ponto que ela já não podia ficar sozinha durante os freqüentes deslocamentos profissionais do marido. Este fora obrigado a pedir sua aposentadoria antecipada como piloto e passou a trabalhar "em terra", nos escritórios da companhia. Estas duas palavras, "em terra", para Brian significavam um pouco como a morte: para acabar de prendê-lo, sua sogra viria morar em sua casinha dos arredores de Dublin e cuidar de Peggy e do pequeno Eamon. Ele teve que admitir a Marion que se sentia incapaz de mentir por mais tempo à sua mulher e de não dedicar todas as suas forças a tentar superar com ela a desgraça que os atingia. "*I would be devastated*, ele escreveu, *to live in this world without knowing you are somewhere for me to love.*"

Mas escrever a Marion em inglês lhe parecia mais uma traição a Peggy. Ele se propôs, então, a melhorar seu conhecimento do francês antes de recomeçar uma correspondência na língua dela, com palavras que não seriam as da sua própria vida cotidiana. O desespero às vezes inspira soluções de uma ingenuidade comovente, pensou Marion, mas se absteve de fazer o comentário, sabendo que a sobrevivência muitas vezes está por um fio e que vale qualquer acordo para tornar tolerável a infelicidade. A morte estava instalada em sua paisagem, seria preciso tempo para que Brian se desse conta da sua condição carcerária e o desejo de ser feliz ressurgisse nele como um rio subterrâneo que emerge. Mas Marion não era mulher de se resignar sem tentar.

Já há algum tempo ela acalentava o projeto de ter um filho, e Maurice também se sentia pronto para um segundo rebento, na esperança não declarada de prender sua mulher com um novo elo. Ele ficou profundamente emocionado com o desejo de Marion. Esta, por sua vez, julgou honesto contar a ele da tragédia que atingia Peggy e suas conseqüências sobre a liberdade de Brian, dada a sua propensão a se considerar responsável e culpado por tudo o que acontecia com sua família.

— Essa criança, se você concordar e se for menino, eu gostaria que se chamasse Émile — disse ele a Marion. — Meu pai queria muito me dar esse nome, ritual na família para o filho mais velho. Mas mamãe não quis nem saber!

— Eu entendo a sua mãe! O caso é que Maurice não é muito melhor... É estranho — acrescentou, rindo —, existem nomes como Maurice ou Albert que não querem voltar à moda, enquanto Thomas, Mathieu ou mesmo Corentin são o máximo da sofisticação! E Émile também, agora acho charmoso. Totalmente de acordo com Émile. E se for menina, eu é que escolho, certo?

Fizeram amor essa noite e nas seguintes com um frescor e um entusiasmo que lembraram as suas primeiras emoções, com esse projeto de filho iluminando a parte de rotina que quase inevitavelmente se mistura com os procedimentos amorosos após dez anos de vida em comum. Esses poucos meses e os nove que se seguiram foram dos mais ternos e mais serenos da sua existência.

"Acalentar" um projeto de filho... as palavras às vezes exprimem melhor que vocês o seu pensamento. Marion não tinha premeditado nada ao revelar sua intenção a Maurice, mas, à medida que os dias passavam, notava que ocorria nela uma estranha glaciação que ocupava toda uma parte da sua alma, do tamanho do vazio cavado por Brian. Como se conformar com a morte dessa paixão que iluminara sua vida por tantos anos, muito além do lugar real que lhe cabia? As idéias surgem muitas vezes lá no fundo, antes mesmo de encontrarem sua formulação. Ela sentia brotar dentro de si uma hipótese aberrante que pouco a pouco ganhava a forma de uma esperança.

E se você desse uma chance ao azar?, soprava-lhe uma voz. E se você escolhesse não escolher? E se o acaso decidisse o pai dessa criança, que você deseja, seja de quem for? Haveria algo mais redentor que uma nova vida para conjurar a doença, a morte ou a ausência? Marion sentia-se incapaz de responder a todas essas perguntas. Tinham se imposto por si mesmas, e certas interrogações não são passíveis de ficar em suspenso. Ela precisava falar a respeito disso para que mais tarde a hipótese não se transformasse em remorsos ou, eventualmente, em um segredo pesado demais de carregar. E para que um segredo não viesse um dia a se tornar um veneno ou uma prisão, era essencial encontrar as palavras que o justificassem aos seus próprios olhos, explicando-o a alguém. Foi com toda naturalidade que Marion se dirigiu à mãe. Não era o caso de falar com Brian, claro, que se debatia entre problemas que pareciam insolúveis, a começar pelo abandono da sua carreira, de todas aquelas horas de navegação celeste que até aqui garantiam seu equilíbrio terrestre. Maurice também jamais deveria ter a menor dúvida; nem a criança, se decidisse nascer. Quanto à sua tia Hélène, ela lhe parecia submissa demais aos valores de Victor, seu marido, que evidentemente condenaria uma decisão que, a seu ver, contrariava tanto a moral quanto a instituição do casamento.

 Alice, ao contrário, com a idade superava cada vez mais o espelho das aparências e se libertava das convenções em benefício do direito ao egoísmo e à felicidade individual. Aliás, é entre mães que podemos evocar melhor esse poder secreto das mulheres e as mentiras ou os mistérios jamais elucidados que marcaram a cadeia de gerações, às vezes à revelia dos interessados e para grande alegria das Moiras, únicas capazes de deslindar todas essas confusões. Jamais será escrita a verdadeira genealogia de cada ser humano, tecida de desvios inauditos, fruto dos acasos, dos caprichos ou das paixões.

Alice, única da família que estivera em Paris, várias vezes seguidas, com esse personagem cativante e tão pouco francês que era Brian, recebeu a confidência com um frescor de sentimentos muito freqüente nas mulheres mais idosas, ao contrário do que se costuma pensar. Antes de deixar falar o bom senso e a razão, que geralmente não têm nada a dizer nesses domínios, ela foi invadida por uma ternura infinita em relação a essa história que era de amor, afinal. E se deu conta com alegria de que, à medida que sua filha Marion ficava adulta por completo, desgarrando-se do estado filial e possessivo, ambas entravam numa relação nova, e ainda mal delimitada na história dos sentimentos, entre uma mãe idosa que se permite esquecer que foi designada para a casa MAMÃE e uma outra mãe, ainda jovem, que ocupa sozinha várias casas do Jogo de Damas. O amor maternal sofre então uma mutação que o aproxima do amor de irmãs ou do amor simplesmente, descobrindo assim um território de uma riqueza inesperada, uma espécie de pátria profunda das mulheres, que vai constituir, tanto para as mães quanto para as filhas, um refúgio tão vital quanto a outra, a pátria geográfica. Esse partilhar de um segredo, que no fim das contas talvez não passasse de uma dúvida, veio estreitar para sempre seus laços de mãe e filha, mas também de mãe e mãe e de mulher e mulher. Com essa prova de confiança, Alice sentiu-se rejuvenescer e reencontrou um pouco dessa cota de suspense e de inesperado da existência que lhe parecia uma das melhores razões para sobreviver, apesar das suas decepções profissionais.

Brian retornou duas ou três vezes a Paris naquele outono, antes de passar o cargo definitivamente para outro piloto e entrar no longo deserto que iria separá-lo de Marion.

"*My heart is within you! Tà nochroi istigh ionat*, lembre-se sempre, eu suplico, Marion."

Estas foram suas últimas palavras quando se despediu dela no aeroporto de Bourget, onde a tinha encontrado 15 anos antes. Ele jamais soube que a violência de seus últimos abraços não se devia apenas ao desespero de se separar, mas à esperança de Marion de guardar dentro de si, e para sempre, um testemunho vivo de um sentimento que se tornara parte integrante do seu ser.

A família desejava um menino, um irmãozinho para Amélie. Veio uma menininha, ruiva e de cachos espessos, como deveria ser um filho de Brian O'Connell.

Ao ver a "recém-nascida", Marion não teve mais dúvidas e decidiu chamá-la de Séverine e Constance. Séverine em homenagem à primeira mulher jornalista na França depois de Flora Tristan. Constance em memória de Constance Markiewicz, heroína da independência irlandesa ao lado de Eamon de Valera, o primeiro presidente da República Livre da Irlanda. Era também uma piscadela cúmplice para o pequeno Eamon O'Connell de Dublin, seu meio-irmão.

Moira é um nome muito difundido na Irlanda, mas difícil de pronunciar para os franceses; portanto, não insisti. Para mim, bastava que Marion tenha conseguido concebê-la e que ela fosse recebida com alegria por seus pais. Seu avô, Adrien, bem a propósito, lembrou-se de um irmãozinho, morto ainda jovem de febre tifóide, que era apelidado de *foguinho* na infância e cujos traços e cuja cabeleira adorou encontrar na pequena Séverine.

Um dia, com certeza, Marion poderia dizer a Brian que ele lhe dera sem querer um presente inestimável, essa criança, que deixou em garantia para que ela sentisse menos a sua falta enquanto esperava dias melhores. Dias que chegariam para eles, agora não tinha mais dúvida.

Brian jamais conheceria a filha. Mas, olhando suas fotos, alguns anos mais tarde, choraria de ternura ao descobrir que Constance tinha tudo dele, como para compensar sua ausência: seus olhos de um azul pálido e intenso ao mesmo tempo, seus cílios curvados, sua pele muito branca, suas sardas até nas mãos, seus braços muito longos e os reflexos acobreados de sua agressiva cabeleira, tão densa e com cachos tão espessos!

IX

Alice no país das armadilhas

Nunca tínhamos feito um cruzeiro, Adrien e eu. Os casais que optaram por esse tipo de viagem são os que já esgotaram todas as outras fórmulas. Os safáris africanos tornaram-se muito fatigantes, o trekking no Nepal, perigoso, a descida do Nilo, já realizada por duas vezes, impraticável após uma entorse; por fim, nossa última estação de esqui terminou no gesso! As férias de Natal no Club Med estão fora de cogitação, porque nossos netos passaram da idade de se divertir com os avós. Só restava o navio, onde cada um leva consigo seu casulo, suas misérias e seus comprimidos. Imersos num ambiente que nunca teríamos escolhido e num país que nos era desconhecido, fazíamos duas viagens de exploração pelo preço de uma!

Trajeto desde o embarque: na passarela do *Mermoz*, em Saigon, por onde nossa tropa se arrasta, esgotada por 15 horas de vôo e mais quatro de espera em Hong Kong e depois em Cingapura, cada um dos quatrocentos passageiros procede a uma avaliação sumária dos espécimes com quem vai partilhar seu cotidiano durante 12 dias. Os olhares dos homens às vezes se iluminam com a visão de uma fina silhueta vista de costas que depois, de frente, é um triste velho! Por toda parte, nádegas pesadas, costas curvadas, pernas de cegonha ou de dormentes de estrada de ferro... Deveriam ir ao Beauty Par-Jour, se querem brincar um pouco.

Não é mais divertido do nosso lado: nesse *tour*, os homens são quase todos veteranos da Indochina, de nucas rígidas, cabelo cortado bem curto, ar marcial, bermudas bege sobre pernas nervosas... Por falta de fuzil, moralmente todos eles têm uma varinha na mão. Observa-se uma proporção de mutilados bem acima da média nacional.

Quanto às esposas (aqui ninguém traz a amante), logo se notam aquelas que reprovam o bisturi, o silicone e o botox. São de longe as mais numerosas nessas famílias austeras de militares ou de ex-administradores coloniais. Muitas viúvas também, visivelmente decididas a usufruir de suas pensões, bem mais felizes pelo dinheiro que o seu coronel.

Nos velhos, Hélène, percebo que o que trai primeiro é o modo de andar. Nenhum velho caminha mais segundo a lei da natureza. Eles se deslocam, certo, mas rangendo por dentro. Não há nada óbvio; é preciso se ajustar ao terreno, compensar, disfarçar o tempo todo, na esperança de enganar o mundo. E depois, de repente passa uma mulher jovem, fluida, evidente, e cada um de nós toma consciência de que caminha como um brinquedo mecânico, animado por movimentos espasmódicos.

Pensar no que é preciso mobilizar para andar não é mais andar, é deslocar-se de um ponto para o outro. E lembre-se de que um dia até isso vai parecer um milagre. Entrementes, é preciso refletir no passo seguinte e coordenar os esforços como uma criancinha. Alguns, os mais gordos, rodam da direita para a esquerda como se cada perna fosse sucessivamente a mais curta! Os magros conservaram um ar marcial que não passa de rigidez e expõem joelhos ossudos e canelas finas entre a bermuda e as botas militares. Descobrimos, ao perdê-la, que a beleza de um gesto é indescritível. Quando o caminhar deixa de ser natural, é como se a harmonia do mundo fosse questionada. Nós nos transformamos em arcabouços insólitos, em que a ausência de um único parafuso basta para comprometer todo o edifício.

Em duas horas, os quatrocentos passageiros são alojados em suas respectivas cabines e encaminhados aos diferentes restaurantes. Não estando em uma cabine GRAND LUXE, mas somente numa LUXE, não temos direito ao Restaurante Renaissance e somos relegados ao Massilia. Garantem que é a mesma cozinha.

O *Mermoz*, já sem forças, tem a mesma idade que a média de seus passageiros. É um velhote, mas tem o seu charme.

Infelizmente, as cabines LUXE são minúsculas: uma clarabóia, um sofá-cama de cada lado, com mesinhas dobráveis. Nem mesa nem poltronas, por falta de espaço, apenas um banco diante de uma estreita cômoda.

Para fugir da nossa cela, inscrevo-me em todas as conferências e visitas guiadas... Você deve reconhecer nisso meus reflexos de boa aluna e minha nostalgia dos anos de estudante! E depois, por ser meu primeiro cruzeiro, quero experimentar de tudo. Adrien pretende se misturar com os marujos e passar o máximo de tempo na ponte de comando. Nem bem paguei minhas taxas de inscrição e nos anunciam que Alain Decaux acaba de sofrer uma cirurgia de *bypass* e não virá e que Jean Lartéguy cancelou sua vinda ontem, por conta de um antigo ferimento no joelho que reabriu, datado da guerra da Indochina (que sentido de oportunidade!). O general Préau e um historiador desconhecido vão substituí-los. Todo mundo reclama, mas o que fazer? Tornamo-nos um público cativo.

Desde o primeiro dia estamos imersos no bulício asiático. Três horas de passeio em ônibus semi-climatizado, depois uma visita obrigatória ao mercado chinês de Cholon, que só vende legumes chineses. Para os turistas, só umas caixas de laca e velhos cartões-postais desbeiçados, vendidos pelas crianças na saída de carros.

Faz 32°C e o grupo, mal se recupera de sua incômoda viagem, acusa as primeiras baixas: um "mermoziano", como já nos chamam, desmorona ao retornar a bordo. Ele é rapidamente ocultado. Não é bom para o moral da tropa! No dia seguinte, um médico militar aposentado cai duro na entrada de um museu. Ainda respira, mas como não há mais nenhum médico de serviço, nosso guia o acomoda sob uma palmeira e continuamos nossa visita perscrutando os vizinhos com desconfiança. Cada um faz o outro lembrar que é mortal, coisa que tínhamos planejado esquecer durante essa viagem!

Os ônibus também são tão velhos quanto nós, e muitas senhoras se declaram incapazes de escalar seus degraus desconjuntados. São necessárias duas pessoas para tomá-las nos braços e içá-las.

Tudo é problema para o nosso debilitado grupo, e alguns passageiros logo desistem de descer. Estou ao lado de uma jovem à moda antiga, devotadíssima, que não sai do lado da mãe, muito velha, muito calva e sem dúvida cega, descrevendo-lhe pacientemente todas as paisagens sem conseguir que surja um brilho sequer em seus olhos desvairados. Não vejo nenhum moço com seu velho pai... faltam rapazes dedicados ou faltam velhos pais? Em compensação, uma bela senhora se apóia em seu filho, cheio de uma ternura comovente, mas é um homossexual. Os pais, decididamente, não têm nenhuma chance!

Na volta, após o chá, nosso general nos fala com emoção deste país onde tudo tem um nome que evoca derrota — Da Nang, Nha Trang e, claro, Diên Bien Phu —, lembrando que o Vietnã viveu trinta anos em guerra até a reunificação de 1975: contra o Japão, contra a França e depois contra os Estados Unidos, que adversários! Resultado: trinta milhões de mortos. A Indochina, para ele, é como uma mulher que amou muito e que o abandonou. O amor ainda está lá, dá para sentir, misturado com rancor.

Impossível escrever em nossa cabine, por falta de mesa. Eu me refugio numa dessas coxias onde as senhoras jogam bridge tagarelando enquanto os maridos relembram sua Indochina, destacando, sem esconder uma certa satisfação, a pobreza e o subdesenvolvimento evidente do país: "Eles queriam a independência. Muito bem, agora a têm!"

Eu pretendia escrever para você no ônibus que nos levou a Hué. Adrien, furioso por ter se deixado apanhar para esta viagem em que nada lhe agrada, arranjou um resfriado. A febre e os antibióticos justificam que ele fique a bordo. Mas eu estava no fundo do ônibus, sacudindo como numa carroça, ao longo dos cento e vinte quilômetros que nos separavam da capital anamita, que percorremos em três horas e meia. Meio de propulsão: a buzina, entre as filas de bicicletas, raras motonetas e carrinhos de mão sobrecarregados e puxados por anões esqueléticos.

Atravessamos a insondável Anam: todas as casas dão para a beira das estradas a fim de facilitar o comércio; não se vê nenhum casebre sem uma barraca onde são oferecidos um ou dois objetos improváveis. Fico admirada com o pequeno número de crianças. Na terceira, fim dos subsídios, explica o nosso guia. Na quarta, uma mulher que trabalha pode perder o emprego. Vêem-se sobretudo meninos, nas ruas e nas garupas das bicicletas paternas. É evidente que aqui também se matam as meninas na origem.

Comento com meus vizinhos esse "déficit" de meninas; na Índia também, assim como na China, faltam cerca de um milhão de meninas!

— Dizem isto, mas ainda há muitas! — comenta com ironia um sujeito idoso que usa um capacete colonial. Desses que negaram a existência da excisão há vinte anos. — Pensem bem, se fosse assim tão horrível, elas não fariam! Sempre subestimamos a infinita capacidade de sofrimento do ser humano.

Antes de chegar a Hué, atravessamos imensas plantações semi-inundadas. O gesto augusto do semeador torna-se aqui o gesto comovente da colhedora de arroz. Como costuma acontecer com os trabalhos da terra, emana uma intensa sensação de harmonia desses arrozais onde se observam, sucessivamente, todos os estágios da cultura do arroz: o verde frescor dos campos, com a planta já alta, depois o cinza dos charcos, onde centenas de mulheres, de chapéus cônicos, com as pernas afundadas na lama, transplantam uma por uma as novas mudas. Lembramos de Silvana Mangano em *Arroz amargo*. Atrás de cada mulher, em montes regulares, os pés a serem plantados. Na frente, o extenso lodaçal onde elas mergulham rápida e meticulosamente, um a um, cada pé, que parece afundar mas que, milagrosamente, vai se enraizar e crescer numa velocidade alucinante sob esse ar quente e úmido que proporciona três colheitas por ano, impedindo que oitenta milhões de vietnamitas morram de fome. Todas essas costas curvadas, esses gestos rápidos e graciosos como os movimentos de um pássaro compõem aos olhos do turista apressado um quadro deslumbrante, onde ninguém tem tempo nem vontade de pensar nos lumbagos crônicos, nos dedos dos pés estragados pela lama, nos joelhos deslocados, nas micoses e no esgotamento dos gestos repetidos mil vezes. Para nós, turistas ocidentais, só se vêem a paz, a beleza e o ritmo lento de alguns búfalos.

Visita a Hué e sua admirável fortaleza da imperatriz. Adrien fez bem em ficar na nossa triste cabine. Não há um riquixá na imensa cidade imperial rodeada por dez quilômetros de muralhas. E na volta foi preciso atravessar dois desfiladeiros inclinados na direção de imensas praias de areia à beira de um mar de jade e depois bordear os lagos onde, como nas estampas japonesas, flutuam sampanas amarradas em suas nassas, estendidas em quatro estacas, numa calma que eu qualificaria de eterna. Perdoe os meus clichês, Hélène, são as paisagens daqui que os exalam, irresistivelmente!

Esta costa deserta de dezenas de quilômetros é de atormentar qualquer um! Só sendo comunista (ou corso?) para recusar os milhares de bangalôs sobre a água que pretendem se instalar aqui como abutres. Mas o comunismo ainda é sólido nestes últimos anos do século XX. Vemos isso no doutrinamento dos nossos guias vietnamitas. A França, a presença francesa, o que a colonização fez de bom ou de mau: temas tabus. Segura com o meu *Guide bleu*, pude apertar a nossa guia amarela de 20 anos, para fazê-la reconhecer, afinal, que a via férrea de mil e duzentos quilômetros entre Saigon e Hanói, que ladeamos e que também serve Hué, tinha sido construída pelos franceses. Assim como a fortaleza de Vauban, que circunda a cidade imperial.

— Restaurada pelo nosso governo democrático — insiste a guia.

Eu leio para ela o meu *Guide*, afirmando que foi a Unesco que se encarregou dessa recuperação. Ela não acredita. Seus olhos se estreitam um pouco mais:

— É mentira da propaganda colonialista.

Pode-se sentir de perto o método comunista e a arregimentação dos espíritos. No cais ao pé do *Mermoz*, os comissários do povo nos fazem perder uma hora por dia registrando o nome e o endereço de cada um dos trezentos e cinqüenta passageiros que desembarcam para uma excursão, que anotam também meticulosamente na volta. Como se algum de nós tivesse a intenção de permanecer neste país desprovido de tudo e onde tudo é proibido! E, ao mesmo tempo, pleno de promessas e de riquezas, a primeira das quais é o seu "povo habilidoso", como diziam nossos manuais Gallouédec e Maurette. Veja para que serve uma irmã: pouco a pouco você vai se tornando meu depósito de memórias. E vice-versa. Com quem eu poderia falar de Gallouédec e Maurette, de Malet e Isaac ou de Carpentier-Fialip, que reinaram como pequenos deuses por várias gerações de escolares?

Não conheço os Gallouédec e Maurette do meu energúmeno, e nem ele, claro. Os deuses dessa geração não se encontram mais nas escolas...

Eles são estrelas de rock de nomes esquisitos e caras feias: Dirty old bastards, Blood thirsty babes, Herpès ou Nique ta mère, que são regularmente levados por uma overdose, pela Aids ou pelo suicídio. Tudo o que nós amávamos e praticávamos docilmente, o ditado, a tabuada, as províncias (Indre, sede administrativa: Châteauroux; subprefeituras: Issoudun, Le Blanc, la Châtre, recitávamos como ladainhas na igreja, lembra?). Tudo isso é ridículo, ou inútil. Eles só dispõem de dois ou três adjetivos. Ortografia, história da França? Obsessões de velhos maníacos. Quanto aos professores, são uns pobres-diabos que podem ser acuados, e até apunhalados!

Quando voltamos ao *Mermoz*, descobri que o grande, gordo e charmoso animador de nossas *soirées* era um freqüentador assíduo do nosso grupo de amigos, Yves Robert, Danièle Delorme e Daniel Gélin! Ele nos descobriu porque "destoávamos nesse meio", ao que parece! Cada tipo de cruzeiro tem seu público, e o Vietnã atrai quase exclusivamente os veteranos da colônia. Ele me conta que na semana passada, em Ho Chi Minh, cinqüenta anos após a "nossa guerra", um oficial ainda perguntava a um velho condutor de riquixá: "E então, china, quanto você quer para me levar à cidade?" Um outro, da mesma cepa, nessa noite conta suas batalhas à mesa: "Por mais que os matássemos, eles apareciam de todos os lados! É incrível como são teimosos esses bichinhos!" Os SS, nos campos nazistas, agiam da mesma forma, tratando de "*Stück*" (pedaços) os homens ou mulheres para poder matá-los sem nenhuma emoção.

Há dois anos, durante o mesmo cruzeiro ao Vietnã, o animador teve que interromper o espetáculo no Salão Mermoz para anunciar a morte de Mitterrand.

— E a sala explodiu em aplausos! — diz. Sem comentários.

Entendo que Adrien não tolere esse ambiente, que não mudou após vinte anos e que só mudará com o desaparecimento de todos os que lutaram por essa Indochina, e que a perderam por razões políticas que não dependiam deles, e não por falta de coragem.

Ele sempre detestou os grupos, as excursões, os piqueniques, as férias coletivas, incluindo o Club Med. Só gosta de navegar em barcos para no máximo oito pessoas, incluindo a tripulação! O barco-charter de Xavier lhe parece ideal. As mulheres sempre têm um fraco por cruzeiros com tudo incluído. Eu aproveito bem cada segundo da minha vida aqui, sem perder a oportunidade de resmungar contra uma comida que não precisei comprar nem cozinhar, de reclamar que Adrien beba demais, embora não seja eu quem vai trazer o gelo, e que ele espalhe cinzas de charuto por todos os recipientes que encontra ao seu alcance, mas que outros vão limpar. Quando se trata de férias, seria preciso publicar folhetos distintos para os dois sexos, sem esquecer de indicar a proporção de rostinhos bonitos que se pode esperar num e noutro destino. Acima de um determinado nível, os olhares masculinos se apagam, as costas se curvam e as barrigas desabam. E o resto! Não passam de um melancólico rebanho em que cada animal se pergunta por que gastou tanto dinheiro para que sua esposa se refestelasse. Para eles, há pouca diferença com a vida cotidiana. A bordo ou em terra, não são eles que lavam os copos. Quanto à Indochina, já a conhecem como a palma da mão, e as inspiradas noites de jogos pela tevê os atraem muito mais do que os nossos excelentes conferencistas evocando Ho Chi Minh ou o general Giap.

Fico surpresa por não ver mais fitas vermelhas nas lapelas. Praticamente nenhuma Legião de Honra entre esses homens que de fato arriscaram a vida pela França! Mas estes são funcionários médios, lembra Adrien, pequenos comerciantes que enriqueceram um pouco e provincianos que não têm acesso aos meios que condecoram. Já nós, freqüentamos os altos funcionários, os altos jornalistas, as grandes estrelas, que mais dia menos dia terão acesso às honras. Não freqüentamos os mesmos lugares nem temos as mesmas leituras que eles. O mermoziano e a mermoziana lêem sobretudo romances de espionagem e confidências de pessoas do rádio e da televisão. Eu sempre me perguntei quem poderia ler esse gênero de livro, que vende muito mais que os de Marion. Descobri: este ano, em todas as mãos, o romance de Claire Chazal, Pierre Bellemare, o livro de Anne Sinclair (podemos vê-la todas as semanas na telinha, portanto deve ser bom, aliás excelente!), ou as memórias de Maïté e Gilbert Carpentier. Para a maioria dos nossos companheiros, o sucesso não é ter feito uma descoberta, batido um recorde, tomado uma decisão que vai melhorar a vida das pessoas. É ter aparecido na televisão! Como apresentador ou como criminoso, pouco importa.

Não posso encerrar minha reportagem sem comentar o choque da baía de Ha Long: antes dizíamos Along, quando ela era nossa! Navegamos, fascinados, durante horas, em pequenos grupos, numa embarcação tipo *bateau-mouche*, através de uma paisagem demencial. Imagine um território grande como Guadalupe, uma espécie de Suíça louca, que emergisse da água com seus cumes recortados, seus enormes menires coroados de vegetação, suas enseadas, seus abrigos precários onde se amontoam centenas de sampanas em que navegam, pescam, dormem e procriam, sob uma tela esburacada, famílias inteiras, que se movem como abelhas, remando com um único remo, cozinhando frutos do mar, amamentando seus bebês, erguendo cestos cheios de crustáceos bizarros e nos oferecendo conchas, carapaças, objetos de escamas ou de laca que não podemos comprar, infelizmente.

A mendicância é formalmente proibida aqui, do mesmo modo que somos proibidos de dar comida aos habitantes... Dizem-nos que o governo do Viet Minh é pobre, mas consegue alimentar a sua população. No entanto, eles se aglomeram em torno do *Mermoz*, com os olhos brilhando de vontade e as mãos estendidas, e fazem desaparecer rapidamente sob seus andrajos os pães com chocolate, os sanduíches de presunto e as latas de Coca que conseguimos lhes jogar fora da vista da guarda costeira. Eles também não têm direito de vender os magníficos camarões que enchem seus cestos trançados (não há bacia de plástico, aqui! Será que a pobreza garante a beleza?), nem os caranguejos cor-de-rosa de pinças enormes, os moluscos desconhecidos, os búzios gigantes e os supermexilhões com conchas mais nacaradas que os nossos. Logo mais, vamos comer nossos frutos do mar congelados, sonhando com todos esses tesouros que pululam em volta do nosso casco.

Nostalgia aguda, pensando nas redes de lagosta de Marion que dormem no galpão de Kerdruc. Se ao menos eu tivesse me permitido subir a bordo de uma dessas sampanas e ir pescar com os "chinas". Mas eles nem falam mais o francês, vivemos em dois planetas diferentes.

Um dia, quando a democracia substituir o comunismo, encontraremos aqui cabanas com todo conforto em cada ilhota, barcos pneumáticos com motores Yamaha atrás de cada onda, camaroeiros e armas de caça submarina à venda em cada pizzaria-bazar. Os bonés americanos vão substituir os belos chapéus cônicos de vime e milhares de turistas ávidos por pescas milagrosas embarcarão em lanchas de plástico branco em forma de bidê. Isso durante algumas dezenas de anos, o tempo de devastar as profundezas, como sabemos fazer tão bem.

Um dia, quando a ciência tiver derrotado a velhice, nonagenárias de biquíni darão cambalhotas nestas praias, acariciando no caminho os mais belos centenários com cabelos até os ombros, que as levarão para fazer amor em pé, no banheiro, como aos 20 anos. E à noite vão folhear, incrédulos, em terraços de hotéis climatizados, velhas revistas do século XX em que pobres sujeitos de cabeças desguarnecidas e cuecas desativadas (ou o inverso), equipados com marca-passos e prótesesauditivas-digitais recomendadas por Robert Hossein (quem é esse aí?, perguntarão eles), fazem gestos fatigados e descoordenados que lembram vagamente uma caminhada pelas alamedas de alguma reserva *ardéchoise* construída conforme o modelo do "Plano vermelho" de Régis Debray. Ao lado, sua mulher, ou talvez sua mãe, amante ou irmã. De repente, eles já não lembram direito... uma mulher, digamos, com um seio a menos mas uma prótese de quadril a mais, contemplando com uma lágrima no canto do olho (mas talvez seus olhos estejam úmidos por causa do sol?) uma moça despreocupada, de corpo roliço, que a faz lembrar de alguma coisa... Suas mãos remodeladas por dez anos de artrose se aferram a um andador, em tudo semelhante àquele onde, quando ainda era uma jovem mãe despreocupada, de corpo roliço, instalava seus filhos meio século antes, fechando assim "a roda da vida". Como você diria, Minnie, com sua condenável inclinação pelas metáforas!

    Na foto da revista, é uma manhã de primavera na baía de Along. A primeira primavera da Terra, como são todas. O homem de marca-passo não esqueceu a sua juventude e a música dos poetas que se aprendia de cor na escola do seu tempo: "queridinha", começa bem baixinho, e depois não, ele não pode fazer isso com Ronsard:

"Patroa", vamos ver se a rosa
Que esta manhã abriu viçosa
Seu vestido hm hm ao sol
Não perdeu durante a noite
Hm hm hm hm, hm hm hm hm
O teu matiz de arrebol*

— Pare — grita em silêncio a mulher da prótese no quadril, que parece desenhada por Claire Brétécher, erguendo a garra que um dia tinha sido sua mão. — Pare, por favor. Conheço o final tão bem quanto você.

Porque ela também não esqueceu a sua juventude. Está intacta, infelizmente, no fundo do seu coração.

---

*No original : *"Bobonne", allons voir si la rose / Qui ce matin avait déclose / Sa robe hm hm au soleil / A point perdu cette vesprée / Hm hm hm hm, hm hm hm hm / Et son teint au vôtre pareil...* (N. do T.)

X

Marion e Maurice

Quando nos afastamos de barco de uma costa, de repente a vemos de forma diferente. As enseadas, os promontórios, as praias formam pouco a pouco um conjunto que não é soma de seus componentes. A idade é também uma maneira de se afastar: começamos a perceber nossa vida como um todo que não é necessariamente a justaposição dos acontecimentos que a constituíram. Cada fato repercutiu no seguinte, e o seguinte modificou-o de volta, de modo que não distinguimos mais o ontem ou o amanhã, o começo ou o fim da nossa juventude, e sim um quadro global do qual se começa a extrair uma espécie de significação.

Quando era adolescente, eu me via tranqüilamente como moça, depois como mulher, mãe de algumas crianças, professora, depois autora de ensaios notáveis. Eu me imaginava até mesmo morta com todo o rigor, numa idade avançada, conduzida à minha última morada por um cortejo de leitoras em lágrimas. Não ousava sonhar que teria leitores, pois conheci desde cedo a condescendência divertida, no melhor dos casos, que qualquer ambição intelectual feminina suscitava em meus contemporâneos dos anos 1960. Meus filhos descobririam, estupefatos, essa glória que não tinham pressentido. Um enterro como o de Sartre, só que menor em tudo. Nas suas exéquias, *o povo de Sartre* tinha me perturbado tanto! Eu me contentaria com uma horda... com uma tribo...

— Mamãe contava com isso? — perguntariam em lágrimas minhas filhas e meu filho, minha descendência ideal, envergonhada por não ter visto nada daquilo enquanto eu vivia.

Mas essa adolescência ao inverso, que me levaria à morte e à minha assunção sem passar pelo caminho das desgraças da velhice, ainda era uma noção abstrata, uma área não catalogada no mapa. Eu queria morrer bem idosa, mas sem envelhecer.

De modo que, à beira dos meus 60 anos, pela primeira vez não tenho mais idade precisa. Flutuo numa região mal definida por um tempo indeterminado, cinco ou dez anos no melhor dos casos, uma espécie de pré-velhice, assim como existe pré-aposentadoria, estado em que ainda podemos aspirar a tudo, mas também perder tudo num único instante.

Imagino que, dentro de vinte anos, ficaria orgulhosa de dizer *"tenho 80 anos, você sabe"*, com um ar faceiro. Mas não há do que se gabar quando se tem 60 anos. É a idade do lifting que não confessamos, dos regimes absurdos para prevenir males ainda imaginários. É a idade em que a farsa se torna um reflexo de sobrevivência, até para si mesmo. É graças a esse mínimo vital de má-fé que continuo convencida de que ainda sou plenamente senhora da minha vida, em suma, uma habitante normal desta Terra, que em nada se distingue dos outros. Esqueço que me vejo apenas de frente e, portanto, ignoro a metade das informações a meu respeito. Além do mais, freqüento a minha metade mais vantajosa, pois inclui o meu rosto, esta vitrine que arranjo a meu modo. Mas eu me deixaria cortar em pedacinhos antes de reconhecer que me modifico sub-repticiamente toda vez que me olho num espelho, esticando um pouco os olhos em direção às têmporas, erguendo um pouco a comissura dos lábios, instilando um pouco de sedução no olhar... todas as mulheres fazem as mesmas caretas e se parecem diante do espelho!

Vistos do promontório dos meus 20 anos, os 60 me pareciam pouco atraentes, é claro. Mas também tão improváveis, lá na outra ponta da vida, que a própria idéia de atingi-los nunca me ocorria. Os anos chegavam e partiam a galope, e até esse dia eu conseguia fingir que não notava nada de suspeito. Quando durmo bem, tenho certeza de que vou acordar como sempre, ou seja, normal. E a normalidade é uma juventude que não especifica sua idade. Até prova em contrário — por exemplo, um fulano que me cede o assento no ônibus, o canalha! —, eu me considero de ferro. E, apesar de algumas pequenas traições da meia-idade, como a vanguarda das enfermidades ainda não se manifestou, mantenho firme o leme, bordeando o mal, sem aflorá-lo e sem ceder nada a ele, e Maurice e eu navegamos com os nossos amigos e os nossos próximos, controlando os recifes que se multiplicam maldosamente à medida que nos aproximamos do rugir dos 60. Quanto aos nossos amigos adeptos do desespero, eles são cada vez mais numerosos hoje em dia e continuam a rastejar elegantemente em seu moroso deleite, esperando, o mais tarde possível, para se suicidar ou... receber o prêmio Nobel, que nunca é concedido a alegres folgazões.

Mas começo a identificar uma falha no meu engenhoso mecanismo: Brian vai fazer 70 anos! Ora, o amante deve continuar AMANTE. Só um marido pode se permitir perder seus encantos (moderadamente). Ainda lhe restam vários outros trunfos: o cotidiano, tão criticado, mas que com Maurice, graças ao seu humor, serve de liame para a nossa vida a dois, o jornal comentado todas as manhãs e as indignações partilhadas, a liberdade de voar para Marrakesh ou para as Antilhas, se nos der vontade, sem ter que inventar um álibi...

No ativo de Brian, claro, o romantismo da paixão, a ausência de roupa de baixo suja, o milagre de reencontrá-lo sempre ardente em cada encontro e a vantagem de não vê-lo se arquear um pouco, mas a cada dia, perder um dente ou sofrer de hemorróidas. Em seu corpo grande, à Michelangelo, nada mudou verdadeiramente: sua ingenuidade, sua beleza, seu excesso de amor por mim, seus 40 anos de fidelidade à minha causa, seu jeito reincidente e juvenil de fazer amor. No passivo, uma única cifra: 70.

Por sua vez, Maurice tem "apenas" 64 anos! Um velhote em minha vida, ainda passa, mas dois, já beira a overdose! Sobretudo quando os próprios amigos têm o desplante de também se tornarem velhotes, e até morrer.

O remédio? Não dar tempo ao tempo, esse tempo que nos sobrava, e que era tanto que podíamos desperdiçá-lo, mas que passou a ser um alimento perecível. Não dá mais para perder uma ocasião de rever Brian, nem que seja só para tirá-lo dessa espiral de morte em que Peggy se afunda e vai acabar por tragá-lo. Diversos pretextos têm nos separado há quase um ano: o acidente do seu filho, meu livro para terminar, a depressão de Maurice, sem dúvida nada inocente. Aliás, acho que as depressões nunca são inocentes, por mais que sejam involuntárias. Compreenda quem quiser...

Eu me recrimino de ter deixado Brian virar setuagenário sozinho com o pretexto de não contrariar Maurice. O medo de magoar é feito em parte de covardia. Sempre me pergunto a que ponto o amor infinito de Brian e a sensação de viver com ele um amor mítico me permitiram apreciar a leveza de Maurice, seu gosto pela vida em todas as suas formas, que ele sabe partilhar tão bem, sua doçura, para não dizer langor, e ainda sua sorte. A partir de certa recorrência, a sorte não é mais um acaso, é uma qualidade.

Em certa medida, devemos a Brian nossa sobrevivência como casal, e eu lhe agradeço por ter podido ser duas mulheres sem precisar sacrificar uma. A presença secreta de Séverine-Constance ameniza meus remorsos e me permite considerar indestrutível o elo que me une ao meu Tristão. Portanto, tomei a decisão de ir, nesta primavera, encontrá-lo em sua casa da Irlanda, onde sem dúvida passei as horas mais intensas da minha existência.

Só quero dormir ao abrigo dos seus braços e fingir que viveremos juntos e gozaremos juntos como nunca, como sempre. *"Let's be married one more time"*, como canta Leonard Cohen, que ouvimos desesperadamente. É possível ouvir Cohen de outra forma? Quero justamente apertar nos meus braços esse homem que por tantos anos ficou emboscado num canto da minha vida, esperando apenas um sinal para vir partilhá-la, e reviver com ele todas as lindas escapadas que demos juntos ao longo dos anos, sem que nunca diminuíssem a intensidade do nosso desejo e a dor de cada adeus.

Falta avisar Maurice, que sempre finge cair das nuvens. É o preço a pagar pelo meu mau comportamento. Não obstante, toda semana ele vê chegar os longos envelopes de Brian, decorados com sua indecente caligrafia de autodidata; e a cada vez é preciso tornar a dizer-lhe que amo mais alguém além dele, e isto desde os tempos mais remotos e pela eternidade do tempo que nos resta. Ele vai me perguntar se Peggy está pior, como se ignorasse que Peggy é a garantia do meu amor pelo seu marido: do fundo da sua cadeira de doente, Peggy permite que Brian pense que é somente por causa dela que nós nunca pudemos viver juntos. Sentir-se indispensável para a sobrevivência de Peggy atenua sua culpa de marido infiel e de católico irlandês, para quem muito prazer furtado da vida cheia necessariamente a pecado.

Amanhã é justamente o aniversário de Maurice, o que vai me permitir abordar a questão sempre espinhosa das minhas viagens à Irlanda. Nós sempre comemoramos em um desses restaurantes com mesa à luz de velas, propícios às confidências que não sabemos mais trocar na vida cotidiana.

Gostamos de pensar que os laços se aprofundam ao longo de uma vida em comum. Os laços, sem dúvida, mas não o conhecimento do outro. O hábito pouco a pouco cristaliza a comunicação, e a capacidade de surpreender se atrofia. E depois, um dia batemos numa parede de vidro que se tornou opaca pelas mentiras e os não-ditos acumulados, pelas grandes e pequenas traições, pelos desleixos já insolúveis com ternura e, por fim, no núcleo impenetrável de cada um. É por isso que precisamos de um ambiente luxuoso e refinado, com a boa mesa nos reconciliando, proveitosamente, desde que a carne se tornou triste entre nós, mais exatamente desde a ruptura com Tânia. Um rompimento às vezes não resolve nada. Maurice sentiu-se envergonhado e, pela primeira vez na vida, atônito por ter deixado duas mulheres infelizes quando planejava satisfazer uma delas e administrar a outra. Nesse campo, as manobras mais engenhosas são também as mais desastrosas.

Ficamos juntos, é verdade, mas como dois estropiados. Refizemos os gestos de amor, mas o amor não quis acontecer. E sua ausência foi ainda menos tolerável que a mágoa ou o ciúme. Sob a minha boca, a pele de Maurice não tinha mais o gosto de ervas frescas; os cachos da sua nuca não passavam de fios longos demais e já não atraíam os meus dedos. À noite, eu vivia como um berne, colada às costas de Maurice. Ele estava resignado e se comportava como uma rocha. Unir-me novamente a ele me parecia impraticável, quase obsceno, mais impensável do que se eu nunca o tivesse conhecido, nem amado, nem feito um ou dois filhos em sua companhia, com tanta alegria...

Como expressar uma repulsa dessas ao outro?

Maurice sempre se mostrou mais sensível aos desejos das mulheres do que ao seu próprio. Gostava de ser conquistado, sempre se recusava a travar a batalha. Eu gostava desse lado feminino. Eu o havia apanhado a laço, no passado, e ele se deixara capturar com prazer. Hoje seria preciso empregar violência para derrubar essa parede entre nós, que não foi feita com os nossos desacordos, mas nos petrifica. Estávamos de acordo até mesmo em relação a Tânia, e eu me contive para não chamá-la para discutirmos nós três essa longa guerra da qual todos saíram vencidos. É verdade que fiquei com Maurice, o que poderia parecer uma vitória. Mas existem vitórias perdidas. Será que todos os casais antigos vivem sobre as camadas sucessivas das suas falhas e dos seus fracassos, prisioneiros de comportamentos cristalizados?

Bem ou mal, tínhamos retomado nossa velocidade de cruzeiro, conseguindo em geral ser felizes graças ao nosso velho hábito da felicidade. Só que agora nada era intenso entre nós. E estar desvitalizado aos 60 anos é um insulto à beleza do mundo. E também um perigo mortal: temos poucas chances de nos reanimar aos 70 anos!

Pois Maurice andava pelos seus 65 mas estava, como se diz, *na corda bamba,* porque não me parecia apto para envelhecer bem.

Sua graça natural, seu desembaraço e seus vários dons lhe permitiram levar várias vidas com igual sucesso. Nessa noite ele estava comemorando mais o fim dos seus 64 anos do que a chegada do próximo. Estávamos frente a frente, num desses restaurantes revoltantes onde o cardápio da mulher não traz o preço dos pratos; dessa vez Maurice parecia resignado a expor alguns fiapos de verdade sobre o seu eu secreto, que para mim era ainda menos explícito que o cardápio do restaurante. Como acontece com as margens de um rio que se afasta, eu só sabia que NÓS não era mais a simples adição de VOCÊ e EU, e que VOCÊ e EU não se pareciam mais com aquelas pessoas que se casaram trinta anos antes. Como os casais que navegaram muito, começamos a evocar com mais naturalidade o nosso passado do que esse futuro não mapeado onde sopram ventos desconhecidos.

— Tive um bloqueio naquele momento da minha vida — dizia o marido.

No momento em que eu tinha o caminho livre..., pensou a mulher. *Estava descobrindo o Donegal com Brian naquele verão...*

— E você nem percebeu — acrescentava o marido diante do silêncio da mulher.

Era só o que me faltava, pensou a mulher, *cair no abismo justo com você.*

— Eu me recusava a perceber — diz ela — porque não tinha a intenção de fazer o esforço que você desejava.

— Qual?

— Ora: romper com Brian, por exemplo, e de alguma forma voltar a me apaixonar por você... O desejo de todos os maridos quando se vêem entre duas... relações exteriores!

— Primeiro, pare de falar "Bruaiam" com esse beicinho.

— Como você queria que eu dissesse? — pergunta a mulher — Maurice II?

— Não tenho culpa de me chamar Maurice — diz Maurice.

— Eu já sugeri várias vezes chamar você de Rismo. Invertendo as sílabas, como está na moda! Rismo é bonito, não acha?

— Se eu também fosse irlandês, meu nome seria Morris, o que muda tudo! Por falar nisso, qual a idade do irlandês agora? Desculpe, mas o nome dele me arranha a boca...

— Basta dizer Brriã. Gosto mais assim do que com esse beicinho que você também faz quando tenta falar inglês.

— Marion, prove este foie gras quente ao molho de uva. Está maravilhoso, veja. E este vinho Vosne-romanée é sublime. Houve um tempo em que você só rezava pela cartilha do Sénéclauze, lembra?

Seu olhar se enternece. Ele adora que eu tenha lacunas.

— Aliás, ainda tenho um fraco pelos vinhos da Argélia. Eram os vinhos do nosso começo, que eu comprava no Félix Potin, em frente à nossa casa. Nosso começo também era sublime: eu só rezava pela sua cartilha, lembra?

— Hoje vejo a diferença — diz Maurice sobriamente.

— Receio que tenha sido difícil para você, naquela época... De repente uma mulher instalada na sua casa, com seu amor enorme...

— E eu receio ter dado a impressão de uma insustentável leveza...

— Mas continuamos assim, meu querido. No fundo, tínhamos muitas razões para nos sentirmos mal. Eu me pergunto se não é este o segredo dos casais que perduram, essa parte incompreensível — incompressível, poderíamos dizer — no outro; sempre existe a esperança de compreender um dia! Quando vi você pela primeira vez, lembro de ter pensado: *"Definitivamente, não é este! É um reles sedutor!"*

— Por que reles?

— Porque na juventude a sedução não me parecia... como dizer... um comportamento digno! Aliás, você não me conquistou pelo seu charme, mas pela poesia. Todos aqueles versos que você sabia de cor, e sua voz ao murmurá-los, um pouco à Jacques Douai. E depois, seu fascínio pelo mar, que se juntava com o meu. No mar, com você, eu me sentia tranqüila: ninguém iria me substituir!

— É o que se chama formar uma equipe, minha querida. Aliás, foi no mar que abracei você pela primeira vez.

— E sempre vou me lembrar dos primeiros versos que me disse naquele dia:

Quando ninguém o vê
O mar não é mais o mar.
É o mesmo que nós somos
Longe de outro olhar.

É genial porque faz sonhar. Este é o critério da verdadeira poesia, acho. Eu praticamente não conhecia Supervielle naquela época.

— Faz parte da minha panóplia de reles sedutor, com alguns outros.

— Justamente, e você ainda faz uso dela, tenho certeza! Gostaria que me contasse umas coisinhas a esse respeito. Parece que o Vosne-romanée estimula as confissões. É sobre *La Bûche*, que vimos ontem...

— Ah, sim, você achou que eu me parecia com o Sébastien do filme. Aceito a comparação: o Claude Rich é muito charmoso! Um sedutor...

— Mas não reles... Um sedutor ingênuo, sem um grama de perversidade! Tive uma idéia: podíamos reproduzir a cena entre Claude Rich e Françoise Fabian em que ele revela todas as amigas da mulher com quem dormiu em trinta anos. Eu também sempre quis saber de quem deveria suspeitar... Então trouxe esta noite algumas agendas e vou sugerir os nomes. E você ainda tem sorte: destruí todas as cadernetas do início. De qualquer forma, naquele tempo eu não enxergava nada. Eu era boba demais.

— Você era muito mais feliz assim, minha pombinha...

— Então, era para o meu bem! É verdade que funcionou durante vários anos... Uma mulher crédula e não muito esperta no amor, que presente para um cara!

— Ambos éramos felizes, confesse...

— Os três, você quer dizer? E com tantas afinidades!

— Olhe, parece que ainda vou ser acusado. Você me ama menos que antes, eu sei, e talvez isto seja até bem merecido, mas mesmo assim continua ciumenta.

— Se quiser pensar desse jeito. Digamos, em vez disso, que sou menos cega.

Nesse momento, um silêncio necessário para os "humm" extasiados diante da caçarola de cogumelos com moleja de vitela flambada ao armanhaque. Ao lado, um casal e sua filha "encalhada", como dizia cruelmente minha mãe quando eu era jovem, dessas que não tinham casado na flor da idade nem que fosse com um velhote sinistro. O que eu poderia fazer para não "ficar encalhada"? Essa questão tinha me atormentado durante tanto tempo!

Em outra mesa, um casal ilegítimo, de idade madura, que visivelmente só espera o momento de encontrar uma cama. Sob a mesa, o belo homem de cabeça branca aperta os joelhos da parceira, e a dama, iluminada de prazer, acaricia o rosto amado com seus belos e velhos olhos azuis.

— Vinte anos atrás — comenta Maurice — acho que pessoas mais velhas não ousariam se exibir assim num restaurante.

— Não se tinha o direito de ser ao mesmo tempo velho e incorreto em público... antes de 1968, digamos. Você virava imediatamente um velho sujo. Nunca se fala em jovem sujo...

— A liberação dos costumes só atingia os jovens, felizmente.

— Por falar em velhos, já contei que os meus pais voltaram do cruzeiro ao Vietnã? E não muito satisfeitos, parece.

— Péssima idéia, essa viagem; Adrien jamais iria gostar de ser submetido a uma viagem organizada.

— Sim, mas o que você quer que eles façam? Não estão mais em condições de velejar com Xavier. Não têm uma casa verdadeiramente deles; então, faz sentido irem os dois a um hotel em Guadalupe? Não seria nada divertido para Alice. Papai não está bem, você sabe...

— Marion, o problema não é Guadalupe ou o Vietnã. O problema é que eles têm 80 anos! Onde quer que seja! E os amigos deles também! Se já não morreram. Antes, Alice ainda tinha a irmã, mas agora Nina está sobrecarregada com o Parkinson do Victor. A partir de uma certa idade, não se adoece mais sozinho num casal!

— É assustador o que você diz, Maurice, vamos falar de coisas mais alegres. Olhe, vou pegar uma agenda ao acaso.

— Acho muito indelicado em relação às suas amigas. Não posso entregar todos esses nomes de bandeja.
— Ah, por quê? São tantos assim? Confesse...
— Você corre o perigo de não ter mais ninguém em sua agenda, minha pobre querida...
— Se eu fosse me indispor com todas as mulheres que você bolinou... Mas, pensando bem, prefiro ter a lista das suas amantes que a lista dos nossos amigos mortos. Já reparou como isso começou a acontecer há algum tempo, quando atualizamos a agenda no fim do ano? O costume é jogá-la no fogo, assim como a metade das pessoas que estavam nela! Vamos, Maurice. Diga a verdade, só desta vez: Ginette Boulier, por exemplo?

Rismo ergue os olhos para o céu.

— Está bem, ela pesa oitenta e cinco quilos! Mas, e Michèle Bouvreuil? E Andrée Chausson? E Christiane Dedieu? Essa aí eu já sei. E a irmã dela, Colette?
— Sozinha nunca: as duas juntas, em sanduíche.
— Muito engraçado. Sinto que a minha pesquisa começou mal. Há uma que eu gostaria mesmo de saber... se ela teve o topete de masturbar você embaixo do meu nariz: vou passar para a letra G. Você já sabe de quem vou falar, evidentemente...
— Com "G", me ocorrem três possíveis.
— Bem, como sempre, você é um monstro de presunção e hipocrisia. Em poucas palavras, como disse Reiser na *Charlie Hebdo*: "Todas são vadias, exceto mamãe..."
— E você, em que categoria se enquadra, meu anjo?
— Felizmente não me tornei nenhuma santa; teria morrido no martírio!

— Você é a Mulher do Grande Amor, concordo. Só que tem vários. Nada é fácil, não é?
— Sobretudo quando você tenta inverter a situação! Esta é a minha vez...
Rismo consulta o cardápio de doces na esperança de escapar às areias movediças dos sentimentos por onde se aventura em raras ocasiões.
— Falando de grande amor, faz tempo que você não vê o pobre Bruaian? A mulher dele piorou?
— Não, está na mesma. Do jeito que se pode estar com uma esclerose lateral amiotrófica. Evolutiva, claro. E evoluir nunca quer dizer regredir, com essa porcaria.
— O nome dessa doença já é uma porcaria.
— Ela vai passar um período num instituto especializado como faz todo ano, um tipo de talassoterapia. Por isso Brian me convidou para passar dez dias com ele na casa que tem em Kerry, em abril. Acho que vou. Você me disse que em abril quer navegar com Xavier para as Grenadines. E sabe que eu não gosto de estar a bordo quando ele leva clientes. Você controla o leme, navega... mas eu, vocês esquecem que eu também sei navegar e manter o rumo ou içar uma vela, e acabo ficando no papel de boa esposa, coisa que já faço em Paris... É menos chocante...
— Menos excitante do que estar nos braços de Brian, principalmente, não fique procurando desculpas.
— Não estou procurando desculpas, não há necessidade. Mas você deve imaginar como ele leva uma vida difícil há muitos anos, com essa doença que todo mundo sabe que é incurável.
— Eu também levo uma vida difícil, em certos aspectos.

— Não vamos exagerar... Quando estou com você, estou com você, não há dúvida a respeito. E isto é a maior parte da vida! Temos as crianças, amigos comuns, uma vida em comum... Somos nós o casal!

— E a Peggy, aliás, o que ela acha disso?

— Sabe muito bem o que se passa, desde o início. Ele não sabe mentir, coitado.

— Eu também não: não minto, só omito — diz Maurice, esboçando uma elegante espiral com a mão.

— E me pergunto se não é pior. Veja o caso da Tânia. Se eu soubesse mais cedo, não teria me consumido tentando negar a evidência, bancar a corajosa, esperar que aquele seu ataque de loucura passasse, abrindo mão da grossura, que acharia de extrema vulgaridade, mas... "*É ela ou eu. Escolha.*" Resultado: três feridos graves. Poderíamos ter sido três sobreviventes. Após algumas contusões, concordo... Mas você também poderia ter sido feliz com Tânia, tenho certeza. É uma boa moça. Sinto falta dela. Como amiga, quero dizer. Quanto a mim, bem, eu acabaria me curando, se fosse o caso. Sofreria porque amo você, meu amor, apesar das aparências, mas você me conhece. Não tenho vocação para a tristeza.

— Não fale bobagens. Nunca imaginei que pudesse viver sem você. Nunca. Em instante algum. Você acredita em mim, pelo menos?

— Seja como for, Tânia esperava isso. Algumas vezes me ocorreu violar suas cartas, eu sei. Imagino que lá você também omitia.

Esboço, por minha vez, uma espiral que quase derruba meu copo de néctar. Não sei mentir. Nem omitir.

— Você queria viver comigo, Maurice, mas fazer amor com a pessoa que se ama faz parte de *viver com ela*, não acha?

— Sim — responde Rismo tristemente. — Não entendo o que aconteceu conosco. Sem dúvida, é preciso tempo para perdoar o outro pelo mal que ele nos fez.

— E eu, que me esforcei tanto para não ser a chata nesse *ménage à trois*, para deixar que nossos sentimentos evoluíssem, sem ultimato, pois bem: agora culpo você. É engraçado! Perdemos em todas as frentes, então?

— Tudo o que posso dizer é: *ainda te amo, você sabe, eu-te-a-mo*, cantarola ele, com sua voz emocionada, segurando minha mão com ternura. Esse distanciamento vem muito de você, não acha?

— Talvez, mas *ainda te amo* não é o mesmo que *eu te amo*... não acha?

— São palavras da canção de Brel, não minhas. Não sei como você vê isso, mas acho antinatural que nós não tenhamos mais relações... digamos, sexuais, quando temos relações... digamos, amorosas.

— Anormal, não sei. Acho, sobretudo, triste estar ao seu lado, e você feito uma pedra, todo encarquilhado... e nenhum dos dois faz nada, como se tivéssemos medo.

— Mas nós TEMOS medo. O sexo é tão caprichoso e... volátil, eu diria... Por que deixamos de desejar com o corpo quando desejamos com a cabeça?

— Vasto problema, como diria De Gaulle!

— Marion, você deveria pedir um café irlandês. Tenho certeza de que fazem corretamente aqui. Sem cereja em cima e sem canudo. Adoro quando você bebe: isso a humaniza!

— Acha que sou dura? Eu sempre me censuro por ser molenga, com os homens, com nossos filhos... com meus alunos, quando eu ensinava.

— Dura não é a palavra. Você é até muito meiga mas, no fundo, é como uma rocha. Isso dá medo, às vezes. Veja só, eu nunca vou esquecer da primeira vez que fizemos amor: foi em Vars, praticando esportes de inverno. Depois a encontrei com lágrimas nos olhos, e isso me perturbou por vir justamente de você.

— Eu estava descobrindo... não diria o orgasmo, porque já tivera um ou outro. Mas qualquer coisa muito menos episódica, uma coisa como uma fonte de todas as minhas geleiras. Dessa vez não estava refugiada em mim mesma. Eu me sentia completamente misturada a você, como se as nossas fronteiras de homem e mulher tivessem se apagado... Não éramos mais o senhor Fulano e a senhora Beltrano trepando... o que nos acontecia era a coisa mais bonita do mundo. Uma coisa emocionante! De chorar... Foi isso!

— Como fizemos para perder o jeito?

— Sabe, converso sobre isso com minhas amigas ou nos grupos de mulheres que freqüento às vezes. Os homens não gostam de abordar essas questões. Mas é uma loucura o que se vê de casais casados há vinte anos, ou mesmo há bem menos tempo, que quase não fazem mais amor. Ou não fazem nunca! Não se sabe por que as pessoas mentem sobre isso. Você viu outro dia aquela pesquisa sobre os casais japoneses... Ela mostra que 40% dos japoneses casados, passados os primeiros anos, não têm mais relações sexuais!

— Mas tinham, antes?

— Isso eles não dizem, mas se dissessem, mentiriam! Na verdade, não sabemos NADA sobre a vida sexual dos outros. Em geral, não entendemos nem a nossa!

— Isso não foi feito para ser entendido. Felizmente.

— Tem razão, e é justamente o que me dá medo. Será que nunca entendi você? Eu me pergunto se você foi verdadeiramente feliz. Eu muitas vezes me sinto muito feliz. E pensar que você me pareceu um cara tão alegre no início. Estava enganada. Aquilo era humor, o contrário da alegria. Você ama as coisas da vida, não a vida. Adora sofisticação, brincadeiras, gozação, mas isso faz parte do embate amoroso. No dia-a-dia, você é distante, reservado, quase frio. Por exemplo, nunca me abraça na rua. Nunca passeamos de mãos dadas. Aliás, que horror, eu detestaria! A gente começa a transpirar, mas não se atreve a largar o outro. Você não me abraça com freqüência, por nada, num impulso de ternura... Nunca solta uma gargalhada, você zomba.

— É meu aniversário, mas decididamente esta noite não é minha festa. Você sabe que detesto falar de mim, e detesto mais ainda que outros falem.

— É uma proeza viver com um cavalheiro nestas condições, você há de admitir. Meu homem, esse desconhecido!

— Diga então: o que você vai me dar de aniversário este ano, além do anúncio da sua viagem para a Irlanda?

— Uma árvore.

— O quê?

— Já mandei para a estufa, em Kerdruc. Pretendo plantá-la no Dia de Todos os Santos. É uma cerejeira *autumnalis*. Ela floresce no inverno. Não é maravilhoso?

Maurice se diverte silenciosamente, à sua maneira.

— Você tem o dom de sempre me dar presentes que lhe agradam!

— Talvez porque você não os dê, meu querido! Mas sempre reclama de que não há flores na Bretanha entre a última rosa e a primeira camélia. Agora vai ter flores brancas em janeiro bem em frente ao escritório! Mas fique tranqüilo, há mais uma coisa à sua espera em casa; Amélie e Séverine escolheram comigo. Gostamos de você em cores um pouco mais vivas. É um blusão vermelho-escuro, de couro e lã, num estilo bem britânico, você vai ver. Com uma calça cinza e seus cabelos grisalhos, ficará *very sexy indeed*! Se eu fosse mais lógica, teria comprado um belo casacão tipo *duffle-coat*, como há vinte anos. Ficaria mais tranqüila...

— Você sabe muito bem que eu não o usaria nunca! Eu me compraria um sobretudo de caxemira furta-cor, como o que estava usando quando nos conhecemos e que você detestava, lembra?

— Você tinha um jeito de *dandy* do pior tipo, com cachos brilhantes de gomalina e um ar presunçoso... um horror! Parecia o Henri Garât! Mamãe me preveniu: você nunca vai combinar com um homem assim! E, dois meses mais tarde, eu me apaixonava por você! O amor é monstruoso!

— Sim, meu amor, também acho! E temos boas razões para isso. Venha, esta noite vou abraçar você na volta para casa. Veja só, tudo pode acontecer...

XI

Contra as crianças

Isto vai se chamar simplesmente: "Contra as crianças". E, se possível, será publicado pela Denoël, na série "Contra a plebe", "Contra o casamento", "Contra o amor" ou "Contra a juventude", que fez um certo sucesso nos últimos anos. Mas o meu panfleto será muito mal recebido, pois na nossa sociedade não se pode falar mal nem de crianças nem de cachorros. E até um artigo humorístico sobre esse tema foi recusado pela *Nous, les Femmes*. Não ser boa mãe, ainda passa: encontramos desculpas para isso, e um "psi" vem explicar doutamente a ambigüidade dos sentimentos maternais. Em contrapartida, ser uma avó malvada é imperdoável, e para uma bisavó, já é monstruoso. Mas já escrevi tantos artigos bem-pensantes na vida para tantas revistas femininas, que agora sinto urgência em escrever o que realmente penso, com a idade. Uma Minou Drouet ao contrário...

Uma semana de convivência entre duas avós liberadas, modernas e que se julgam inteligentes e seus dois pequenos descendentes me deixa na verdade consternada.

Uma das tristezas da idade é perceber que as piores tradições, os preconceitos mais revoltantes, os comportamentos mais condenáveis e que foram brilhantemente condenados há trinta anos por sociólogos e psicólogos de todas as orientações, sobrevivem imperturbavelmente apesar de tudo.

Arrombamos um cantinho da fortaleza, é verdade, mas ela continua em pé, desesperante, desafiando os séculos e as revoluções. A luta da minha geração (poderia dizer a utopia?), que *grosso modo* cobriu o século XX, era a igualdade dos sexos, e eu considerava profundos e irreversíveis e indiscutíveis todos os nossos avanços sociais, morais e políticos que, ao menos no Ocidente, pareciam ter transformado, pela primeira vez no mundo, a vida das mulheres, as relações entre homens e mulheres, e até mesmo as relações sexuais. Pobre Alice!

Todas as utopias dos séculos passados afundaram. Em sua maioria, no horror. E nenhuma das religiões resolveu o menor problema humano ou superou qualquer injustiça, muito pelo contrário, por mais que a princípio todas fossem generosas e portadoras de tanta esperança.

De modo geral, é na vida cotidiana que constatamos mais claramente o fracasso das grandes teorias. Fico desesperada ao ver ressurgir nos garotos de 7 ou 8 anos os esquemas mais ultrapassados de relações homem/mulher. Quer dizer que tudo está perdido? Eu me recuso a admitir. Mas o segundo milênio está por terminar e eis que, entre dois pequenos exemplares que viverão no terceiro milênio, Valentin, meu bisneto, e Zoé, a neta de Hélène, os papéis já estão distribuídos segundo as velhas receitas, como se os nossos belos discursos não tivessem deixado qualquer marca.

Sim, de fato, alguma coisa mudou, mas para pior: nossos filhos e, como se não bastasse, nossos netos agora são nossos iguais, para não dizer nossos amos! Eles conservaram o pior de 1968: a insolência, a falta de consideração com os poderes estabelecidos, a violência e a auto-satisfação. Mas a esperança é incansável, e remonta, como as ondas do mar, investindo contra os mesmos rochedos. E, ao contrário das aparências, um dia os rochedos terão que ceder. Um dia... Se eu não acreditasse nisso, a vida não valeria a pena ser vivida.

Enquanto isso, minha irmã e eu, cheias de esperança e de boas intenções, nos preparamos para viver uma semana de avós modelo com os dois pequenos seres que nos foram confiados. Vamos fazer batata frita todos os dias; jogar Batalha Naval, perdendo todas as partidas menos duas ou três, para manter a credibilidade; sentar-nos no Poney-Club com muitas outras mães e avós muito entediadas (nenhum pai nesses lugares, eles não são nada bobos!); de noite, nos revezaríamos para ler *A gata-borralheira* ou o *Pequeno polegar*, imitando a voz do ogro e esperando adormecê-los antes do enésimo conto de Perrault; e, por fim, comeríamos corajosamente os *crumbles* e *fondants* de chocolate ou o que houvesse resultado deles após diversos fracassos, quedas, recipientes quebrados, cozimentos próximos à incineração e, sobre os ladrilhos, amostras pegajosas de cada um dos ingredientes utilizados.

Estava feliz por me reencontrar com Hélène. Eu a via definhar desde que fora para Saint-John-Perse com Victor.

Ela não tinha escolhido o sacerdócio como assistente do marido médico, sem carteira assinada, sem recolher nenhuma contribuição, desconhecida no mundo do trabalho. E ainda se viu aposentada prematuramente em razão da doença de Victor. Ela até que tentou retomar seus pincéis, mas o que fora uma vocação aos 20 anos agora parecia um passatempo de velha senhora. Victor não se incomodava, e até a encorajava gentilmente. Mau sinal. O único favor que ele poderia lhe fazer seria ter um bom enfarte. Ele se cuidava bem. Eu esperava ao menos fazê-la rir. Só quem teve uma irmã pode saber o que são esses risos loucos que começaram na infância e se prolongam para além do razoável. Quando se anunciava um acesso, por motivos sempre inexplicáveis, nossos maridos ficavam assombrados, observando essas duas senhoras mais que maduras sacudidas por ataques de riso irrefreáveis, misturados com lágrimas que não conseguiam reter. Um olhar bastava para começarem tudo outra vez, até pararem eufóricas e exaustas como se tivessem corrido uma maratona.

Eu também me sentia feliz por estar em Kerdruc, na pequena cabana de Marion, com os pés na água e a maré roçando a mureta do jardim, sonhando em possuir um pedaço de terra bretã só meu. No abrigo que outrora servira ao porco, Marion e Maurice nos prepararam um pequeno refúgio para duas pessoas, onde vínhamos sempre, fora de temporada, respirar o iodo e o odor das algas.

Não consegui comprar um único arpento de terra na Bretanha porque na minha infância e juventude, entre 1915 e 1940, era o tempo das "tias Jeanne" e dos avós que possuíam propriedades familiares e virtudes domésticas correspondentes. Elas achavam normal e inerente à sua condição reunir filhos e netos, todo ano, para as férias pequenas e grandes, que duravam três meses naqueles tempos benignos.

Ninguém ainda pensava em Djerba, Corfu ou no Club Med. As férias consistiam em voltar todo ano aos mesmos lugares, reencontrar o mesmo bando de amigos e ali crescer sob a autoridade de uma avó com uma fita preta em volta do pescoço que nunca ia à praia e de um avô ríspido que não ousávamos chamar de vovô.

Brincávamos entre primos, com tias e tios tranqüilizadores, que continuavam os mesmos ao longo dos anos, porque antes da guerra raramente alguém se divorciava, com jogos que também continuavam os mesmos — *croquet*, crapô ou bolinhas de gude — nas alamedas cuidadosamente bordeadas de arbustos, ou mesmo tênis, nas famílias mais abastadas que mantinham uma quadra no jardim, onde as crianças "rolavam" à noite depois que chovia.

Nas praias, cada família possuía sua cabine, em geral de cor cinza, antro de adolescentes à espreita do primeiro beijo de língua, recebido com repulsa concupiscente, e refúgio de meninas que se despiam observando com horror o primeiro pêlo ou a pinta que surgia no mamilo e que era preciso disfarçar dos meninos como a peste.

A derrota de 1940 e a longa Ocupação, com proibição de acesso ao litoral, viram desaparecer as cabines de banho, as mansões, as avós devotadas, os "bons filhos" e as "meninas modelo", inspirados na condessa de Ségur, nascida Rostopchine. Hoje as mulheres trabalham, mesmo as avós, e as famílias se dispersaram como um saco de bolas que se atira ao chão. Exatamente como quando os filhos de Hélène e os meus se encontravam no Natal. Eu não gostava de Victor, e era recíproco. Ele não tinha grande estima por Adrien, nem por Xavier, a quem reprovava por não ter uma "profissão de verdade". Seus dois filhos tinham feito o seu curso de Direito. Ele gostava de montanha e escalada; nós, de mar e barco. Quanto a Hélène, era difícil saber o que ela escolheria fazer na vida se tivesse sido consultada... Mas nós duas conservávamos a nostalgia da nossa infância em Concarnois e adoraríamos rever a "nossa" Villa Ty Bugalé, mesmo que transformada em hotel e amputada do seu jardim em benefício de um condomínio de seis andares com terraços triangulares, e mais ainda reencontrar cada rochedo da praia denominada "das Damas", por que era reservada para os habitantes das moradias e desaconselhada aos sardinheiros de tamancos das fábricas vizinhas. Nessa praia eu às vezes ainda pescava hipocampos, nos anos 1920, quando queria me tornar zoologista como meu avô Deyrolle, sem me dar conta de que eu era uma menina e que seria encaminhada para estudos mais femininos, como Letras ou História da Arte...

Se fizesse tempo bom, iríamos à praia logo no primeiro dia. Se o céu estivesse cinza como um menir, poderíamos ver as rochas de Carnac! Parece que Jean-Jacques Aillagon, ministro da Cultura, teve o tino de impedir a "modernização do sítio". A reforma previa o gradeamento dos megálitos, a fim de protegê-los das inconveniências dos turistas, e a passagem obrigatória por uma alameda de lojas onde guias fantasiados de druidas explicariam aos milhões de visitantes anuais que esse espetáculo atrai... como esses menires foram erguidos há três mil anos, o que justamente é inexplicável. Uma comissão de especialistas já havia encontrado um nome para esse novo "espaço cultural": Menhir Land! Adeus mistério celta! Daí a acreditar que Walt Disney em pessoa tenha concebido esse parque de atrações, daí a espalhar alguns Mickeys entre os seiscentos menires para que as crianças se sintam à vontade...

Felizmente esse projeto era muito custoso.

E depois, no primeiro dia fez um tempo magnífico, e a opção número 1 se aplicava: a beira-mar.

A magia das praias se deve ao fato que encontramos sempre ali um gosto de eternidade. Na areia, no doce *fschsch* das ondas, regredimos voluptuosamente, sentindo-nos ligados às primeiras criaturas que saíram da água para viver em terra firme. A região da Finisterra, com seu nome mítico, é rica nessas praias, e para nosso primeiro dia eu escolhi uma enseada, deserta como deve ser uma enseada. Apenas algumas laminárias escuras luziam ao sol, esperando a unção da próxima onda. A areia, cor de nada, dourava-se no côncavo dos rochedos e, no alto da falésia, urzais e juncos anões cobriam o matagal com um tapete amarelo e violeta. "Estamos muito perto do aeroporto de Lann Bihoué, que em bretão significa terra dos juncos", explicamos, preocupadas em instruir a nossa prole.

Assim que descemos até a praia estreita, montamos o acampamento, arrumando os baldes plásticos de um verde ímpio, enfeitados com focas laranja, regadores combinando, forminhas em forma de caranguejos, o ancinho que faz parte do conjunto e nunca é usado, pás e raquetes de praia.

Numa pedra acolhedora, maiôs para troca, saídas-de-banho, pulôveres, porque é-sempre-bom-levar-um-agasalho-na-Bretanha e, à sombra, bananas, bolachas de Pont-Aven Traou Mad (isto quer dizer "coisas boas" em bretão, explicamos preocupadas em instruir etc.). "Como somos chatas com eles", cochicha Hélène, que tem razão, mas gosta de estar errada. Sem esquecer as caixinhas de morango com canudinhos incorporados.

Por fim, após untarmos os ombros dos nossos anjinhos com creme de alta proteção, nós nos besuntamos mutuamente com o delicioso óleo de Chaldée que nos deixa irisadas como madrepérolas. E podemos folhear as várias revistas idiotas e tanto quanto possível desejáveis que não nos permitimos comprar no resto do ano, enquanto nossos anjinhos fazem esculturas de areia à nossa volta. Parece o paraíso. Zoé, "porque tem um menino", exigiu que levássemos o seu biquíni rosa-choque. Sua cabeleira, com reflexos acobreados, cai à taitiana sobre seu corpo curvilíneo. Valentin fixou os cabelos para parecer com seu ídolo, Di Caprio, mas a meu ver lembrava mais um extraterrestre, o que me abstive de dizer.

Infelizmente, o encanto dos castelos de areia acaba depressa e torna-se bem mais divertido estudar os efeitos da gravidade jogando punhados de areia para o ar, com o vento em nossa direção, claro. Na terceira leva, largamos nossas leituras e nos descobrimos, da cabeça aos pés, cravejadas de grãos de areia que se associam com o óleo de Chaldée para transformar nossa pele em lixa de papel. Rápido, limpar-se com a toalha de banho branca com conchinhas azuis, presente de Hélène e último modelo Olivier Desforges, maculando-a de manchas indeléveis. E, na nossa idade, nem pensar em entrar no mar: ele não passa dos 15ºC!

— Brinquem um pouco mais longe, há muito lugar, por que ficam colados na gente? — gritamos, variante inevitável de "Onde vocês se meteram? Não fiquem longe, o mar é perigoso, queremos saber onde vocês estão".

Uma hora mais tarde, já informadas das peripécias sentimentais de Delon e Michel Sardou ou do eczema gigante da locutora da TV2, prometemos mais uma vez que nunca mais nos deixaríamos enganar pelos títulos dramáticos desse gênero de imprensa. Conversa fiada. Uma tarefa nos chama agora: andar com os pés na água. Parece coisa de velho, concordo, mas afinal estamos sozinhas nesta praia e isso faz a linfa circular, lixando a calosidade plantar; e, se encolhermos a barriga e esticarmos o pescoço endireitando a coluna vertebral, substitui uma tediosa sessão de ginástica corretiva. Pois há muito o que corrigir. Pensando bem, somos um insulto à perfeição do universo, e nunca mais esta setuagenária que eu sou vai conseguir caminhar como uma Vênus entre as ondas. Contemplo, comovida, a beleza dos nossos pequenos elfos, que parecem ter nascido ontem.

A praia virou um acampamento de ciganos: um pé de meia flutua numa poça; a outra foi para o mar. Uma pá foi arrastada pela maré, e Zoé e Valentin lutam pela posse da outra, que cada um reconhece indubitavelmente como sua, embora as tenhamos comprado idênticas para evitar qualquer tipo de querela! Ambos vestiram os agasalhos, mas entraram na água com eles e agora disputam a segunda banana, já que a primeira caiu na areia assim que foi descascada. Os gritos estridentes, piores que os de gaivotas ou de ratos parindo, conseguem sobrepujar as vagas atlânticas. Recorremos à estratégia de praia número 3: construir um forte. Que criança nunca quis enfrentar as ondas? Mas com uma pá minúscula e três forminhas, só erigimos um vago montinho, que se dilui na terceira marola.

— Papai faz castelos enormes, com torres e fossos em volta, e até uma ponte levadiça — solta o energúmeno.

— Amanhã vamos comprar verdadeiras pás de metal e vocês vão ver: o mar não conseguirá avançar!

Para completar o desencanto, surge da falésia um grupo de invasores muito mais bem equipado, trazendo um cão de guarda saltitante, apesar de estropiado, cadeiras de pano, guarda-sol, recém-nascido num carrinho protegido por um tule, jovens pais impacientes para jogar futebol na areia, e o pior: mamães intercambiáveis, que vão arrumar no que resta da enseada seus baldes enfeitados com golfinhos verdes, forminhas em forma de... fôrma, saídas-de-praia, bolachas de Pont-Aven e magníficas pás, de ferro!

Não chegávamos aos pés dos invasores, e decidimos bater em retirada, apesar dos uivos de costume, com a desculpa de que as nuvens tinham invadido o céu e que, além do mais, precisávamos comprar peixe para a noite. É sempre errado dar duas razões: nenhuma é a verdadeira. E, drama topográfico: o mercado de peixe fica perto do bazar "Tudo para a criança"! Bem que tentamos distrair a atenção dos anjinhos nessa passagem perigosa, mas eles têm olhos nas costas, os anjinhos! Só nos resta abrir a cortina de pérolas e entrar corajosamente... antes de recuar, espantadas: para os meninos, engenhos de guerra tão bem imitados que dá vontade de erguer as mãos e se render incondicionalmente! Para as meninas, equipamento de mulher fatal ou de empregada doméstica. Tudo para o Super-homem e para a Superputa!

Zoé estanca na frente de um salão de beleza com placa de frisar, secador em miniatura e lavatório inclinável. Depois, cedendo à outra tendência da feminilidade, ela se detém diante de um fogão cuja porta se abre e cujas placas elétricas esquentam de verdade, o que lhe permitiria preparar seu jantar de brincadeira e "fazer caramelo", idéia fixa das crianças fascinadas pela catástrofe. Maldizemos o fabricante perverso e desviamos as atenções para os minicomputadores Nathan. São caros, mas instrutivos. Valentin caçoa: quero o computador do papai, ou nenhum! Zoé cobiça um poney americano de saia comprida e cílios de almeia, muito mais *flashy* que os lindos brinquedos artesanais pintados à mão com que Hélène e eu nos enterneríamos. Olha! Tínhamos um jogo de Diabolô como este, lembra? E um caminhão de rodinhas de madeira com reboque... As bonecas da nossa infância, com suas roupinhas tricotadas, não merecem sequer um olhar se comparadas com as criaturas de pesadelo, vestidas de púrpura e ouro, com sorrisos débeis e rostos idiotas embaixo de cabeleiras metalizadas.

— É assim que você quer ser quando crescer? — Hélène pergunta a Zoé.

Sorriso de êxtase da menina.

É preciso reconhecer: os americanos têm um tino comercial tão cínico quanto aguçado, baseado em estudos de mercado feitos por craques do M.I.T., e souberam adivinhar (ou provocaram) o gosto pomposo e vulgar das crianças e sua fidelidade aos estereótipos mais desoladores da diferença entre os sexos. Em todo caso, eles fabricaram, a preços baixos e sem preocupação estética, exatamente os horrores que nossos anjinhos vão adorar de cara, exigir com insistência e, ao final de muita discussão e caras de mártir, obter dos pais no limite da resistência.

Entramos para comprar um magnífico papagaio de papel japonês, de que apenas nós duas gostamos, e o "Lego, que desenvolve a criatividade", mas saímos com o *poney* malva de crina platinada, caríssimo, e mais um conjunto de apetrechos do incansável Zorro.

— Pode me dizer para que serve este animal? — pergunta Hélène à neta.

Para brincar, responde ela, peremptória. Enquanto saíamos da loja, duas belas e jovens mães, com sotaque do Midi, rabos-de-cavalo e vestidos curtinhos, entraram com quatro fedelhos de cerca de 10 anos, entre os quais uma femeazinha fantasiada de objeto sexual: saia preta curtinha moldando suas pequenas nádegas arredondadas, meias de renda preta, sandálias de salto e camiseta furadinha mostrando um dos ombros. Pré-puta, assim como se diz pré-delinqüente. Pobre Barbie mirim, colocada no papel daquela que em breve se deixará violar no Café des Jules! Em que pensam essas mães, elas próprias empurrando suas filhas para a armadilha? E de onde vem essa predisposição feminina à vitimização, que percebo já presente em Zoé, que Valentin, já um predador, atormenta com seus beijinhos à noite?

— Vai começar? Acha que é engraçado ficar chateando o tempo todo?

Zoé faz um ar extenuado e Valentin duplica as provocações. Em poucas palavras, estamos como sempre no reino do "Se você não me ama, eu te amo". Pobre Simone de Beauvoir, miserável Alice Trajan!

— Mas, enfim, Hélène, Zoé era normal há seis meses, não?

Hélène se recusa a responder, mas eu adoro provocá-la. Há menos de um ano, Valentin também era normal. O que houve depois? É a sociedade que fabrica esses machos pretensiosos e essas fêmeas idiotas?

— Deixe-me em paz, Alice, e olhe: este saint-pierre está com o olhar mortiço. É melhor levarmos o linguado. Não tem espinhas para as crianças.

— Somos todos cúmplices, quando consideramos a insolência e a brutalidade de um menino como prova de virilidade e as de uma menina como sinal de que ela vai ser uma Verdadeira Mulher, portanto uma sedutora!

— E você, uma verdadeira chata, querida irmã. Vamos: levo este linguado e depois os morangos de Plougastel. Hoje é o meu dia de fazer compras, mas vejo que para você todo dia é dia de fazer discurso... E o seu discurso já conheço de cor, posso mostrar...

No fundo, não sei o que me irrita mais: os pequenos chefes ou as pequenas putas?, pensa Alice. Mas os velhos chefes são ainda piores! Isso ela não vai dizer, porque Hélène pensaria necessariamente em Victor. E como ela não tem mais a possibilidade de mudar de chefe, e como um Parkinson pode durar muito tempo, para quê?

XII

Os primeiros seres vivos

Por mais tempo de vida que tivéssemos, ambos, Xavier e eu, continuávamos sendo "as crianças". Esses primeiros seres vivos que são os pais mascaravam o vazio; caminhávamos tranqüilos, sem inquietação. Era como se eles ainda nos levassem pela mão. Agora vai ser preciso avançar sem anteparo. Agora que papai morreu. E de repente mamãe também parece ter voltado a ser uma menina. Ela não representa mais o casal, nem mesmo a metade do casal; com o desaparecimento de Adrien, o casal morreu. E resta Alice, encalhada num rochedo, sozinha como uma gaivota no inverno.

Felizmente Xavier conseguiu chegar a tempo, pois Adrien foi morrendo suavemente, como uma árvore ferida por uma ceifadeira que se extingue devagar, à medida que suas fibras se desprendem uma a uma. Mas reconheceu Xavier, com o olhar de triunfo que a aparição do Filho sempre provoca nos pais, sua única descendência verdadeira, o herdeiro, o macho, aquele que salvará o nome. Muitos séculos, muitas civilizações o entronizaram de um modo tal que as mulheres nunca possam roubar essa coroa, qualquer que seja o amor ou mesmo a preferência de que desfrutem. Gostaria de estar enganada, mas o olhar de Adrien e o orgulho de Alice diante do seu garoto me apertam um pouco o coração.

Numa família, a morte desloca todas as linhas de força. A terra tremeu e a paisagem vai se remodelar pouco a pouco, cada qual procurando um novo equilíbrio. Descubro a importância dos fracos. As peças essenciais não são necessariamente aquelas que fazem barulho e ocupam espaços. Sua dominância necessita dessa matéria-prima que é a fragilidade do outro para se manifestar. Com a velhice, o fraco torna-se tão indispensável quanto o forte para a sobrevivência de um casal.

Tínhamos convivido tão pouco como adultos, Xavier e eu, que era a nossa intimidade infantil que ressurgia espontaneamente entre nós. O sofrimento também faz regredir, e diante do corpo do nosso pai choramos como criancinhas nos braços um do outro.

Para tapar os vazios da ausência, eu lhe contava minha vida, a de Alice, tudo o que se perde no caminho quando se vive a 4.000 quilômetros um do outro.

— Há uns dez anos, eu não dava nada por vocês como casal, confessa meu irmão. Maurice tem alma de nômade, não deve ser fácil no dia-a-dia...

— Não, mas ao mesmo tempo ele não pára de me surpreender com seu humor, sua liberdade de pensamento, sua maneira de aceitar os outros, enfim. Ele me horrorizou algumas vezes, mas nunca o vi com um pensamento baixo ou mesquinho. Com o tempo, quando se vive a dois, respeitar-se é uma coisa preciosa.

— E você também não é fácil. Segue o seu caminho e não se importa com o resto. Conheço um pouco sobre isso.

— É verdade. Mas tive muitos momentos maravilhosos com Maurice. É essencial ter uma paixão em comum. No barco formávamos uma "equipe", como ele sempre diz. Partilhávamos o mesmo entusiasmo, ficávamos abraçados quando escurecia, voltávamos a ser jovens apaixonados como que por milagre. Em terra, reencontrávamos os nossos problemas. Mas tudo bem.

— O que mais admiro em você é como consegue ser ao mesmo tempo marinheira, jardineira, cozinheira, historiadora... Quantas feministas mataram o anjo doméstico de dentro de si, como recomendava Virginia Woolf, e não o substituíram por nada! Você me reconciliou com o feminismo, Alice e você!

— Por quê? Você estava irritado? Ainda com preconceitos, meu pobre Xavier. Conheço várias boas mulheres muito chatas que não são feministas, e ainda por cima cozinham muito mal!

— Aliás, ando sonhando com sua lagosta grelhada, Marion, ao molho de manteiga com muita salsa, pimenta e um copo de Ricard, se não me engano... É uma lembrança emocionada!

Xavier, antes de voltar para o seu Atlântico Sul, também sonhava rever Kerdruc e Concarneau, onde, ainda pequeno, tinha contraído para sempre o vírus da água salgada. Pretendíamos levar Alice conosco por um tempo, mas ela recusou o convite. Preferia se refugiar junto com Hélène, em Cannes, explicando que é entre irmãos e irmãs, quando se tem a sorte de tê-los, que aprendemos a viver o luto de um parente ou cônjuge. Somente eles são depositários da mesma fatia de memória familiar. A morte dos pais só se torna definitiva no dia em que seus filhos não estiverem mais lá para evocá-los. Então, é verdadeiramente abolida a memória do que eles eram. Sobreviverão, brumosos, nas lembranças dos netos, que só o conheceram velhos.

Por mais que nos amasse, a Xavier e a mim, por mais ligada que estivesse, com toda a sua energia, à luta que se confunde para ela com a vida, Alice deixava-se aspirar pouco a pouco pelo vazio que Adrien secretava. "Ele consente", me dizia Maurice. Conheço esse termo magnífico, comovente, porque ele dá alma às coisas, aos cascos, às enxárcias, às ferragens de um barco que, após ter enfrentado os assaltos de uma tempestade, começa a ceder, a "consentir", como se diz.

Teriam se distanciado voluntariamente? Será que nós os impelimos um pouco, com a saúde insolente dos vivos, que não sabem calcular o limite das forças humanas? Ninguém diria, Maurice e eu percebíamos, com horror, que não vivíamos mais no mesmo planeta que eles. Cruzávamos uma fronteira para ir visitá-los e, ao deixá-los, sentíamos o alívio covarde daqueles viajantes que regressavam de um país do Leste antes da queda do Muro. Ufa! Voltávamos para o lado bom, de repente o céu parecia mais azul.

Papai não lutava mais nos últimos dias. Mantinha os olhos abertos, mas já não havia ninguém dentro deles. Alice nos via ir embora como o náufrago que vê sua bóia desaparecer, mas sorria valentemente.

Felizmente, com o passar dos anos, ela tinha se enraizado em Kerdruc, onde podia estar em casa mesmo estando na nossa casa. Ainda mais porque sempre teve uma afeição por Maurice que chega às raias do sentimento amoroso. É esse tipo de relação que ele é exímio em provocar nas mulheres, não fazendo nenhum tipo de discriminação de idade, meio social ou beleza. Jamais tratou Alice com o respeito artificial que em geral se reserva às sogras, mas simplesmente como uma mulher cujas idéias e caráter lhe agradam. Coisa que ela aprecia muitíssimo. Em compensação, não dou 15 dias para vê-la voar no pescoço de Victor, por mais sem pescoço que ele seja.

Maurice pretende se encontrar comigo e Xavier na próxima semana, para comemorar o meu aniversário em Pont-Aven, no Moulin de Rosmadec, onde meus pais festejavam os deles desde jovens. Mais uma maneira de sermos fiéis a eles. Mas os rituais devem preservar meticulosamente seu cerimonial, sob pena de perderem o significado. Entre os belos móveis antigos desse velho moinho, perto da imensa lareira onde arde um fogo de madeira durante todo o inverno, sob quadros de Guillou, Emile Compard ou Mathurin Méheut, vamos pedir o mesmo jantar tradicional.

— E o que você vai se dar de aniversário este ano? — pergunta Maurice. — Um ginkgo biloba ou um liqüidâmbar, para continuar fiel a si mesma?

— Não sou tão louca a ponto de plantar num jardim de três ares e oitenta centiares árvores que em cinco anos terão cinco metros de envergadura! Não, vou surpreender você, Maurice, e me dar de presente uma coisa que não vai lhe agradar e que quase não consigo contar: um lifting! Tenho idade, não acha? O que você pensa?

— Não gosto, você sabe muito bem.

— Engraçado, os maridos são sempre contra! A maioria sempre acha que a mulher "está muito bem assim".

— Talvez porque eles saibam, com toda razão, que ela não faz o lifting com o único objetivo de agradá-los — sugere Xavier perfidamente.

— Certo. Fazemos lifting pela aventura em geral, para um amante, se necessário, mas antes de tudo, o lifting é feito contra. Contra a idade que se tem. Qualquer que seja!

— Mas não contem a ninguém, vocês dois. Só vou dizer à mamãe. E às minhas filhas, mas não já. Às minhas netas, certamente não. Os jovens preferem um mundo bem arrumado, onde os velhos sejam reconhecíveis por seus cabelos brancos e os sexagenários não tenham mais aventuras amorosas. Enterram você sem perguntar sua opinião e acham imoral que uma avó, que eles, na cabeça, gentilmente condenaram à morte e, enquanto isso, à privação do prazer, se recuse a bancar a vovozinha. Acham indecente que ela ainda procure prazeres...

— Para mim, não se trata de julgamento moral, você sabe. Mas me pergunto por que você vai fazer lifting. Você está ótima para a sua idade, todo mundo diz.

— Você proferiu a frase fatal, Maurice: "Para a minha idade!" Quero estar ótima e ponto. É tão bonito, um pescoço lisinho em vez de uma serapilheira!

— É verdade, com uma iluminação suave como aqui, você está "ótima e ponto", Marion — intervém Xavier.

— Concordo, mas não se pode viver continuamente na penumbra! E depois, ainda tenho a chance de rejuvenescer de verdade, a esta idade justamente. No segundo *lift*, a fachada é raspada, rebocada, mas não lhe devolvem a juventude. Fazem de você uma outra...

— Sou a favor, irmã querida, ainda mais porque — e nunca contei a ninguém — há um ano ou dois tirei as bolsas que tinha sob os olhos. Muita caça submarına, muitas loucas noites caribenhas, muitos mergulhos em apnéia... eu estava ficando com um ar de estróina, de velho safado, perseguidor de pareôs... tudo o que detesto. Há excelentes cirurgiões na Venezuela... e pronto!

— E pronto, por isso que achei você tão bonito! — diz Marion. — Esses fios brancos nas têmporas valorizam o louro dos seus cabelos; acho você irresistível. E não entendo como escapou do laço conjugal!

— Não foi fácil, devo dizer... Mas tive a sorte de viver na água e de nunca deixar a âncora no fundo por muito tempo. Passei minha vida fugindo, na verdade. Escolher o mar como residência já é uma fuga, não?

— E também não é uma fuga fazer lifting? — tenta Maurice.

— Pelo contrário, meu cabritinho. É não se deixar arrastar como uma folha morta. Você extrai uma verruga se ela lhe brotar no meio da cara, coloca implantes se seus incisivos estragarem: por que vai manter os pés-de-galinha, a ruga no meio da testa que dá um ar zangado ou as bochechas que fazem parecer com uma cadela velha?

A conversa se interrompe para nos permitir degustar nossas ostras, admiráveis nesta estação, ao mesmo tempo finas e cheias de eflúvios atlânticos. Sobre a mesa, a porção de manteiga amarelo-escuro com uma vaquinha esculpida em cima, conforme a tradição dos antigos restaurantes bretões, em vez do mesquinho retângulo de matéria gordurosa incolor e inodora embrulhada em papel prateado. Erguemos os copos em memória de Adrien e à saúde dos vivos que o guardam no coração, e sobretudo de Alice, que terá de reinventar sua vida. É apenas um moscatel rústico, que não é o melhor dos vinhos brancos, mas que acompanhou fielmente todas as nossas comemorações e ninguém ousaria questionar.

— E por que não vamos fazer uma talassoterapia juntos? — tenta ainda Maurice, que não perdeu a esperança de me dissuadir.

— Passar horas me mortificando em infusões de algas e ervas finas? E vagar como uma doente, da cama para o restaurante dietético, de penhoar? Você sabe que isso me chateia mortalmente. Já experimentei uma vez, em Evian, com você, não se esqueça. Você estava muito ocupado com o festival, e eu fui amavelmente convidada a me escaldar numa papa de algas frescas. Algas frescas em Evian, imagine! Não, prefiro o bisturi, zás-trás.

— E ainda custa menos do que a talassoterapia...

— Sem dúvida. Com duas diárias nas Termas de Saint-Malo, mais a viagem e os óleos, essenciais ou não, e as fisioterapias, você paga um lifting! E que vai durar indiscutivelmente muito mais tempo. O que ganhamos com uma talassoterapia? Um mês de boa aparência? E cinco a dez anos com a cirurgia.

— E, além disso, um lifting desenruga a alma — diz Xavier. — Entendo um pouco disso.

— Mas já pensou nos danos colaterais? Ao seu lado, vou ganhar uns dez anos de repente! E como já tenho cinco a mais, é um duro golpe que você me dá...

— E você? Nunca pensou nos vinte anos que ganho toda vez que nos encontramos com todos os nossos velhos amigos e estes nos apresentam orgulhosamente suas novas companheiras, que poderiam ser minhas filhas? Eles devem pensar: "Pobre Maurice, saindo com a mãe!" Isto não é novo. Os velhos tutores já desposavam suas pupilas no tempo de Molière.

— É verdade, mas zombavam deles. Hoje, os que se exibem com suas contemporâneas é que parecem uns coitados. Enfim, Xavier... você está com 63 anos. Será que uma única de suas amantes ou companheiras é sexagenária? Ou mesmo qüinquagenária? As únicas que consegui conhecer tinham cerca de 30, não?

— Entretanto, não as escolho pela idade, e as gatinhas nunca me fizeram suspirar. Mas sexagenária, para ser franco...

— Preste atenção, Xavier: sua irmãzinha faz 60 anos hoje, por mais que você continue a bancar o eterno garoto!

— Mas, Maurice, todos os nossos amigos bancam os eternos garotos, olhe à nossa volta: praticamente ninguém continua com a primeira esposa, veja os irmãos L., os irmãos S.S., os irmãos D., e Michel B. e Yves S. e Michel C., e não estou falando de atores ou diretores, mas de médicos, políticos, escritores... Além do mais, é um fenômeno muito contagioso! É apavorante, não?

— Vê como sou um espécime raro? E ainda por cima vou ganhar uma mulher nova sem precisar trocar de mulher!

— Vai fazer um bom negócio, meu cabritinho, estou dizendo!

— Pelo menos me deixe ficar com você no pós-operatório. Posso prestar uns favorezinhos, apesar de tudo.

— Eu preferiria que você não me visse nos dias seguintes... o inchaço, as pálpebras balofas, os hematomas, os grampos, as casquinhas de ferida no cabelo... é tão impressionante, um "espantaio". Lembra, Xavier, você sempre dizia "os espantaios" quando era pequeno. E depois, na verdade, também sinto um pouco de vergonha, como se estivesse roubando nas cartas. Gostaria de reaparecer aos seus olhos como após a... Operação do Espírito Santo.

— Aliás, quando vai ser?

— Ainda não tenho a data. Só fui ao cirurgião na semana passada. E lá tive um encontro espantoso: na sala de espera, uma jovem argelina me reconheceu. Tinha lido o meu livro sobre a misoginia e milita em seu país por uma causa desesperada, diz: os direitos das mulheres! Ela era deslumbrante, e me intrigou que estivesse recorrendo a um cirurgião plástico. "Não, não, é para o hímen, disse ela rindo. No ano passado eu estava noiva de um argelino e cometi o erro de me entregar ao meu futuro marido um mês antes do casamento. Resultado: ele me largou no exame pré-nupcial, por causa da minha não-virgindade!" Agora está noiva novamente. Um médico argelino refez o seu hímen, mas, pânico, acabava de se romper! Pois não se trata apenas de recosturar o orifício, é preciso recobri-lo com um pedaço de pele extraído de uma mucosa vizinha. Ela veio então se "revirginar" em Paris, de urgência, a oito dias do casamento! "Viva a noite de núpcias!, diz ela, e lá não vou poder exigir anestesia." Eu bem que poderia lhe doar um pedaço de pele, pois vão me extrair um ou dois nacos por esses dias, propus a ela...

— Que conversa mundana para uma sala de espera — exclamou Maurice. — Daria uma bela cena no teatro! Na linha das *Conversations après un enterrement* de Yasmina Reza.

— E os invejo por poder ir ao teatro — diz Xavier. — É o que me faz mais falta lá.

— E por que não vem passar uns meses na França? Agora há lugar na casa da mamãe. Você a ajudaria a superar um momento difícil e poderia conhecer melhor Amélie e Séverine. Séverine estuda etnologia e vai ter muito interesse em ouvi-lo. E depois, vai lhe fazer bem: um dia desses você acaba percebendo que não pertence mais a lugar nenhum, de tanto viver num espaço em movimento. O mar é uma fascinação, mas não é uma pátria, suponho.

— Na verdade, o problema é o meu barco. Não posso deixá-lo num porto sem uma vigilância constante.

— E por que não o deixa num bom estaleiro, que o devolveria como novo? Tenho amigos em Fort-de-France, se interessar. E podemos encontrar você na Martinica para supervisionar os trabalhos, eu e minha jovem mulher... O que acha, Marion?

Saímos do restaurante para uma dessas noites doces cujo segredo só a Bretanha tem, mesmo no inverno. As mimosas de fevereiro já estão em flor nas margens do Aven, cujas pedras arredondadas reluzem sob a lua cheia. Seguimos os três pela alameda Xavier Grall que ladeia o rio. Meus dois "espantaios" me dão o braço, e Maurice fica muito carinhoso, como em toda vez que bebe um pouco demais. Minhas lágrimas por Adrien e por essa grande parte da minha juventude que ele levou se misturam, indistintas, com as lágrimas por Brian, que eu não via há meses porque Peggy está muito mal, meu Brian cujo cheiro sempre reencontro com emoção entre os caracóis dos cabelos ruivos de Séverine. As lágrimas não têm cor, felizmente. Entre dois homens, é quase bom chorar... outros dois homens.

XIII

A lição das trevas

Janeiro 2002

"Quando receber esta carta, este coração não repleto de você terá deixado de bater. Passei toda a minha existência agarrado desesperadamente a um sonho: dedicar a você cada instante da minha vida. Não passou de um sonho, para minha tristeza. Obrigado por ter permitido que eu a amasse durante todo esse tempo e me dado um lugar na sua vida. Obrigado por ter me mantido vivo graças aos nossos encontros e às suas cartas, me permitindo esperar, a despeito de todos os obstáculos, que um dia ficaríamos juntos.

Se existe vida após a morte, que eu possa vivê-la ao seu lado. Morri tantas vezes ao me afastar de você, que a morte definitiva não me dá medo. Entrego esta carta ao meu amigo Andrew, meu co-piloto dos bons tempos. Quero que ele a entregue em suas mãos: você entenderá antes de lê-la.

Teria muitas coisas a lhe dizer ainda. Prefiro deixar a palavra com aquele jovem poeta que foi o primeiro amor da sua mãe, Alice, a quem você transmitirá o meu adeus, de todo o coração. Sei o quanto lhe devo. Esqueci o nome do poeta, mas me lembro que ele morreu aos 20 anos e que sua única antologia, póstuma, chamava-se *A lição das trevas*.* Copiei este poema, veja só, sabendo que um dia ele exprimiria o meu pensamento.

> *Quando o tempo se faz carne*
> *Quando meus gestos perdidos*
> *Agitam no vento da ausência*
>   *seus fantasmas*
> *Quando meu ser poroso exala*
>   *sem retorno*
> *O outono desgrenhado sem verão*
> *e tuas lágrimas vãs, oh minha amada*
> *Não têm o claro destino de nascer*
>   *para as fontes*
> *Mas que tudo é sem fim, sem sentido*
>   *e sem esperança*
> *Sinto naufragar como um navio*
>   *a eternidade*

Nós lemos juntos essa *Lição das trevas* em Vézelay, que você me fazia descobrir há tantos e tantos anos. Sempre

---

*De Pierre Heuyer, morto em 1944 no sanatório de Sancellemoz. No original: *Quand le temps se fait chair / Quand mes gestes perdus / Dans le vent de l'absence agitent / leurs fantômes / Quand mon être poreux laisse fuir / sans retour / L'automne échevelé qui n'a pas eu d'été / Et que tes larmes vaines, ô mon aimeé / N'ont pas le clair destin de naître / pour des sources / Mais que tout est sans fin sans but / et sans espoir / Je sens sombrer comme un navire / l'éternité.*

me lembrarei do nosso quartinho em mansarda que dava para a basílica romana.

Quero que saiba que fico aliviado de deixar este mundo antes de você, minha bem-amada. Eu não teria sobrevivido sem você. Peço perdão aos que magoei por amá-la sem reservas nem pudor. Há sentimentos que não nos deixam escolha.

Acima de tudo, quero que saiba que fui feliz com você, Marion, e que dou graças por cada instante que passei ao seu lado. *Ta no chroi istigh ionat.*
Seja abençoada.

Brian"

Andrew me entregou essa carta em Paris, e foi menos difícil do que ver pela última vez, na mesinha da entrada, a escrita ainda viva de Brian. Ele morreu de um câncer de próstata que se recusou a tratar, por não suportar entrar no protocolo de cuidados que experimentou enquanto Peggy expirava pouco a pouco ao seu lado. Temia também, sem dúvida, não ser mais o homem que eu tinha conhecido e que continuara a ser durante toda a nossa vida, tão pouco comum, em todos os sentidos do termo.

Não encontrei palavras para contar a Maurice, temendo romper em soluços diante dele e deixá-lo numa situação constrangedora para nós dois. Aleguei que precisava supervisionar as obras em Kerdruc para viajar por alguns dias. Toda vez que algo ruim me acontece, tenho o reflexo de me refugiar no meu jardim bretão. Ajoelhada diante de cada arbusto para escavar a terra, inclinada sobre minhas ântemis amarelas (ou pequenos sóis de Bismarck) que têm a péssima tendência a anexar a vizinhança — na certa por causa daquele apadrinhamento insólito com o prussiano, que nos roubou a Alsácia-Lorena —, cavando a terra para plantar a pequena macieira do Everest que acabo de comprar no viveiro de Bélon, desdobrando os rizomas das rosas malva que fazem seus caules floridos subirem até o teto no verão, derramando fertilizante em meus cinco rododendros e camélias, como eu poderia pensar em outra coisa a não ser na vida apesar da morte?

Quando tudo muda para ti
a Natureza é a mesma
E o mesmo sol nasce em teus dias

Em todo caso, era o que pretendia Lamartine, que você considerava um grande poeta quando tinha 15 anos, minha pobre Marion! Você acreditava aliviar a ausência de Brian dizendo que poderia encontrá-lo a qualquer momento, caso ele precisasse de você. Mas é agora que vai compreender o que é a verdadeira ausência... e o que é um poeta celta:

Amigo Tristão
Para o meu amor morreste
E morro, amigo, de dó:
Não pude chegar a tempo
Nem transgredir o destino
E curar-te do teu mal
Se a tempo houvesse chegado

Tua vida devolveria
E docemente falaria
Do amor que houve entre nós*

Minhas lágrimas caem sobre os bulbos que ponho na terra e me vejo sonhando que os talos verdes vão brotar e crescer sob os meus olhos, como na lenda. Mas o tempo surreal passou. O homem do meu coração levou para o túmulo a Irlanda aonde não irei de novo e a apaixonada que não mais serei.

Como vou viver sem dizer eu te amo com um tremor na voz? Sem que nunca mais um homem me chame de "*my breath and my life*"?**

Recentemente perguntei a Maurice por que teve necessidade de seduzir tantas mulheres no decorrer da vida. "Para me sentir amado", respondeu. Seria uma forma de me acusar de não ter gostado dele com exclusividade? Sem dúvida. Mas também é verdade que, a seu ver, o importante era antes de tudo ser amado. Nesse ponto, sempre me senti estranha a ele. Porque para mim o milagre é amar. Não posso dizer necessariamente a felicidade, não. Com a felicidade você sempre dá um jeito. Já o milagre, este não pode ser manipulado. Cai do céu sem avisar, cedo demais, tarde de-

---

**Les stances d'Yseult*, versos 3.110 a 3.120, do *Tristan* de Thomas, século XII. No original: *Ami Tristan / Vous êtes mort pour mon amour / Et je meurs, ami, de tendresse / Car je n'ai pu venir à temps / Ni n'ai pu forcer le destin / Pour vous guérir de votre mal. / Si je fusse à temps venue / La vie je vous eusse rendue / Et parlé doucement à vous / De l'amour qui fut entre nous*. (N. do T.)
**Minha inspiração e minha vida.

mais, ou nem tanto, e é preciso fazer alguma coisa, pois mais nada jamais terá esse gosto, nem essa evidência fatal.

Eu rumino esses remorsos, esses arrependimentos, essas reminiscências que o desaparecimento de um ser tão querido faz surgir, de dia, com as mãos na terra, e de noite, ao lado do fogo. Pois um fogo é alguém.

Na frente de um aquecedor ou mesmo daquelas belas salamandras da minha infância, com suas janelas em mica, ninguém se senta para ruminar. Um fogo de madeira numa lareira é uma utilização do tempo: ele estala, ilumina, desaba, morre em vermelhos, e eu o contemplo nessas transformações até as cinzas finais.

Alegoria fácil das nossas vidas. A morte nos leva a algumas idéias simplistas e fundamentais. Percebemos que os defuntos nunca se vão sozinhos: eles arrancam pedaços mais ou menos dolorosos de nós mesmos. Só mais tarde constatamos os prejuízos. O sofrimento não tem fim. Para não encará-lo de frente, eu me recuso a fazer qualquer inventário, assim como me recuso a abrir as duas caixas que Andrew teve a idéia absurda de depositar na minha casa outro dia e que contêm uma mercadoria tão perecível quanto perigosa: trinta anos ou mais de cartas de amor! Verifico que Brian, por precaução, armazenava todas as minhas remessas na casa do amigo para evitar que um dia caíssem nas mãos de Peggy ou de Eamon, seu filho. Também sem poder guardá-las em nossa casa, levei as duas caixas vermelhas para Kerdruc, escondendo-as no pequeno escritório de Alice até decidir a sua sorte. Eu tinha jurado que não ia abrir, mas, como fez a esposa de Barba Azul, não pude resistir a enfiar a chavinha na fechadura de uma das urnas de ferro, e as cartas surgiram, arrumadas e amarradas com fitinhas de juta, como múmias. Reconheci, de passagem, minha fase Mont Blanc de pena larga, outra em que tinha me apaixonado pela tinta violeta, a fase Azul dos Mares do Sul, e percebi esses milhares de "meu amor" que rapidamente voltei a guardar na caixa, antes que me saltassem da garganta. Todas aquelas cartas, enviadas toda semana durante tantos anos, não passavam de letras mortas, mas ainda podiam causar prejuízos. Eu me sentia incapaz de queimá-las — levaria horas, pois maços de papel não queimam direito. Incapaz de relê-las — tinha medo de julgá-las e medo de achá-las obscenas, pois fazíamos amor por escrito quando ficávamos longe por muito tempo; incapaz de publicá-las, ainda que com nome falso — precisaria torná-las irreconhecíveis e isso seria trair Brian. Em suma, eu me sentia incapaz de qualquer decisão, como se a minha culpa por ter tido uma ligação ilícita por toda a vida repousasse ali como um cadáver embaraçoso.

De manhãzinha me ocorreu uma única solução: afundá-las depressa nesse oceano Atlântico que tanto nos separou e tanto nos reuniu e que se apressaria em apagar todos os traços escritos do nosso amor. Mas tomaria o cuidado de reparti-las em alguns sacos furados para evitar que um pescador as resgatasse em sua rede três dias mais tarde e reconhecesse o meu nome... pois acredito na malignidade da sorte. "Nossos atos nos acompanham", como Adrien gostava de dizer.

E foi assim que, sob um céu irlandês, debaixo de um chuvisco, ou era eu que chorava, realizei, na reticência e na necessidade, uma cerimônia fúnebre, afundando em sacos pretos a parte mais apaixonada da minha vida, com a impressão de estar preparando o meu próprio funeral ao impulsionar pela borda do meu bote todas aquelas palavras que veicularam tanto amor e que agora são engolidas sob as algas verdes.

XIV

Um toque na estrela

*Em homenagem a
Mireille Jospin e a Claire Quilliot*

Esperei até o meu octogésimo primeiro ano para admitir que poderia morrer... um dia, que não estava mais tão longe. Antes eu já sabia, mas era como saber que Constantinopla caiu nas mãos dos turcos em 1453. Inconscientemente, cada um de nós se acha imortal. Este foi o primeiro ano de um processo que pode durar bastante tempo, às vezes de maneira indolor ou quase, desde que você tenha muita má-fé e má vontade para envelhecer. O que tenho para dar e vender.

Houve um tempo em que eu corria rápido. Aliás, teria adorado me tornar campeã júnior de corrida, nos 100 metros ou mesmo nos 500, pois tinha um coração de esportista que batia lentamente, como disse o médico escolar, e adorava o esforço. Mas não havia nenhuma atividade esportiva para as meninas em nossas escolas cristãs de antes da guerra, nem sequer ginástica.

Hoje, o tempo corre mais depressa que eu e acaba de me alcançar. Pela primeira vez senti seu peso nos meus ombros. Quase nada, um instante de intimidação sem forma, mas era como se eu reconhecesse uma língua estrangeira que nunca falei.

Eram nove horas no frescor de uma manhã de novembro, quando, em vez de correr pelo céu, uma nuvem passou pela minha cabeça, obscurecendo a minha consciência. Eu estava em pé na plataforma da estação de Quimperlé e soube instantaneamente que era "isso", que era com "isso" que, de repente, a gente se via no chão, entregue à solicitude dos transeuntes, estendida na plataforma, depois colocada numa maca circundada por rostos inquietos, e sobretudo curiosos, cada um imaginando assistir a uma notícia do dia, a seguir carregada pelos bombeiros, despossuída da invulnerabilidade e entregue à curiosidade mórbida de desconhecidos.

Não sei quantos segundos ou minutos permaneci nesse nevoeiro, em pé na plataforma, não me atrevendo a dar um passo, nem mesmo para me sentar, por medo de cair. E a seguir a nuvem saiu de campo como fazem as nuvens, o ruído do trem me despertou e pude subir no meu vagão como todo mundo. Tinha voltado a ser uma pessoa como qualquer outra! Era bom.

Como soube que esse episódio não se parecia com nada que eu vivenciara até então? Porque era exatamente isso, sem dúvida. Vamos, Alice, não tenha medo das palavras: era a morte e, para ser ainda mais precisa, a SUA morte. Sem pressa nenhuma, ela se contentou com um piparote, só para rir e se dar a conhecer.

É verdade que durante toda a semana eu me esforçara demais no jardim de Kerdruc: tinha adquirido o prazer de remodelar o entorno da minha casinha, como decidimos com Marion no verão passado. A fadiga nunca me fatigara até aqui, e eu ainda não pensava em reduzir a marcha. Preferia supor que aquele mal-estar se devia ao sofrimento ou à solidão, novidades para mim. Eu pretendia desfrutar finalmente da minha liberdade, não ficar mais submetida a horários para as refeições, poder acender a luz à noite para ler ou ouvir música... Mas eis que Adrien me ocupava mais estando ausente do que presente. Tinha diminuído tanto no último ano que, morto, ele recuperava sua estatura de ser humano, e se dissipava a imagem do ancião em que se transformara.

É bom saber que os mortos se mexem e podem continuar a fazer o mal. Raramente o bem. Sua impunidade os deixa numa posição de domínio. O pobre sobrevivente pensa: "Eu poderia ter... Eu deveria, talvez... Será que entendi bem?..." Eles, do alto da sua eternidade, não se contentam em nos atormentar mais um pouco — sempre há algo a expiar —, e o sobrevivente é o perdedor nesse joguinho. Com seu sentimento de culpa por ter sobrevivido, ele está em má posição para se defender, enquanto o "desertor" o deixa sozinho diante de todos os percalços que sua morte desencadeia. Adrien, considerando-se aposentado da administração, também não administrava mais os assuntos do lar quando vivia. Eu não reclamava, gostava de decidir sozinha sobre o nosso orçamento. Mas descobri que era preciso enfrentar muitas exigências antes de me beneficiar das "doações ao cônjuge sobrevivente" que tínhamos estabelecido. Além de ser a viúva Tal, eu me tornara essa "cônjuge sobrevivente", termo terrível, e Adrien, nos formulários, passou a ser intitulado "o contribuinte falecido". Ele era apenas um contribuinte! Só que, infelizmente, o homem inteiro foi junto. E mil atividades anódinas que compunham o tecido da minha vida mudaram de cor.

Eu fazia muitas coisas sozinha havia alguns anos, mas tinha alguém me esperando em casa. Às vezes era complicado. Em compensação, eu podia gritar na entrada: "Merda, saco! Acabei de levar uma multa!", o que tornava a situação menos penosa.

Agora vou ao cinema sozinha, sem o meu contribuinte, e isso é o mais difícil. Às vezes me surpreendo comovida ao ver duas cabeças grisalhas inclinadas uma para a outra, a algumas fileiras do meu lugar, trocando impressões que o outro ouve sorrindo docemente, pois viveram tantos anos juntos que já não é mais hora de provocações. Passaram a formar uma velha máquina bem rodada cujas engrenagens aprenderam a funcionar sem ranger. Perdi, em suma, muito mais que o meu marido ou o pai dos meus filhos, como se diz, ou mesmo aquele chato querido de quem eu tinha tanto a reclamar. Perdi o que ninguém será mais para mim: meu contemporâneo.

Tenho meus filhos, é claro, mas eles estão muito à frente. Mesmo Marion. Eu jamais poderia dizer a ela: "Lembra da Frente Popular?" Eu tinha 20 anos e fui pela primeira vez na vida a uma manifestação, em frente à Assembléia Nacional, com Hélène, que ostentava a insígnia das Moças da Cruz de Fogo! Seria o mesmo que evocar o cerco de Constantinopla.

No espaço de uma geração, a história da França, que nos servia de amálgama, de memória comum, se volatilizou. Nem sequer a minha neta Aurélie, formada em História, ouviu falar do Vaso de Soissons! E quando digo ao meu pretensioso Valentin o que Saint Rémi disse a Clóvis: "Abaixa a cabeça, sicambro!", ele se pergunta se eu não estou com Alzheimer.

Somos a primeira geração de avós abandonados, separados da sua descendência. Antes de 1968, o mundo ainda não tinha desmoronado, arrastando em sua queda todo o nosso cenário familiar. Até mesmo a bela figura do preceptor desapareceu na tormenta, levando consigo as declamações, o sacrossanto ditado, as linhas de *o* e *a*, as tabuadas que enfeitavam a última página dos nossos cadernos e as penas Sergent-Major e Gauloises (que ninguém mais sabe como eram boas de chupar antes da primeira utilização), esses Gauloises que em breve nem cigarros serão mais!

Na sociedade em que sobrevivo, tenho cada vez menos contemporâneos. Muitos estão encostados, em poltronas ou em asilos, inutilizados. E toda semana desaparecem alguns que eu conhecia pelo menos de nome. "Morreu como um passarinho!", dizia meu pai. Outra lembrança que não quer dizer mais nada! Deixa pra lá, Alice.

Outra coisa se volatilizou: minha força. Sobre quem exercê-la? Não vou mais ao trabalho e já não tenho ninguém para atormentar em casa. Eu costumava citar esta frase de Nietzsche: "É preciso proteger o forte contra o fraco." Ao me incluir entre os fortes — não sem uma certa satisfação pueril — eu levava a dependência de Adrien como um fardo pesado, sustentando que os fardos têm um instinto apurado para encontrar aqueles que irão carregá-los. Mas, quem sabe, os carregadores também têm necessidade de levar suas cargas e ser a razão de viver dos que nascem cansados? Cada qual deve poder manifestar sua natureza, suponho... É uma idéia nova para mim.

Também estou sozinha para enfrentar os exploradores da velhice. Desde que nos tornamos octogenários, Adrien e eu, não passava um dia sem que chegassem propostas mirabolantes, triciclos para deficientes físicos, sobe-escadas para corações fracos ou banheiras com portas laterais.

Nenhum setor escapa à vigilância desses benfeitores, que recentemente se apropriaram da sexualidade. Masculina, é claro. Leio toda semana que o "senhor Adrien Trajan poderia desfrutar de ereções grandiosas, que lhe permitiriam saciar várias mulheres, mesmo as ávidas, ao mesmo tempo" ou "verter dilúvios de esperma que embeveceriam sua esposa". Uma literatura assombrosa!

Que esposa, sobretudo na idade das panes sexuais, sonha realmente em ser salpicada até os olhos por essa lactação celeste?

Todos esses triunfos são prometidos apenas aos machos. Não há publicidade, por exemplo, de feromônios que, pulverizados sobre o traseiro das senhoras, atrairiam homens ofegantes no seu rastro!

Para me vingar, desfrutei do delicado prazer de enviar uma circular lacônica a cada uma dessas oficinas pornográficas: "Meu marido seguiu seus conselhos e tomou suas cápsulas regularmente durante todo o mês de setembro. Ele faleceu no dia 2 de outubro último. Assinado: esposa embevecida."

Não recebi nenhuma resposta.

Nós gargalhávamos juntos dessa literatura da decadência e da impotência. Eu ainda não sabia que não se consegue mais rir quando se está só. Podemos monologar, com freqüência falamos alto, mas, estranhamente, o riso não acontece mais.

De que riríamos, aliás? A onipotência da tecnologia, da eletrônica, da globalização encerra as pessoas muito idosas num gueto. Elas estão perdendo em todas as frentes, mesmo nas sociedades onde seu papel era respeitado há séculos.

A velha esquimó que ainda ontem curtia peles de animais com os dentes tinha orgulho de ser indispensável para o grupo. Hoje, ela conserva os dentes, mas não passa de uma boca inútil a ser alimentada. Seu marido, o caçador de focas, em seu caiaque, armado com flechas de osso que ele mesmo talhou, tinha habilidades essenciais à sobrevivência da sua comunidade. Hoje, os consumidores da Groenlândia ou do Alasca compram no supermercado seus pedaços de foca ou rena prontos para cozinhar ou — pior — contentam-se com filés de solha pescada, preparada e embalada em navios-fábrica que nem ao menos lhes pertencem. O genial caçador está desempregado e vive da Assistência Social.

Na Grécia Antiga, Sócrates era detentor de uma sabedoria que ensinava aos jovens atenienses que se espremiam à sua volta.

Hoje, os jovens atenienses encontram na internet tudo o que bem entendem (e que não é mais a sabedoria!). O belo Alcebíades não tem nada a aprender com um velho, e Sócrates morre sozinho. Sem cicuta, talvez, mas também sem discípulos.

É disso também que vamos morrer: de uma enorme indiferença. Que chega à rejeição. Agora somos tão numerosos que os não-velhos exprimem abertamente seu desagrado. (E sua preocupação: o que vamos fazer se eles continuarem assim?) Noto que estou abandonando, um a um, todos os lugares onde não me sinto mais desejada. A noite é um dos espaços onde não ouso mais me aventurar. Um homem, ainda que vacilante, me dava um ar de segurança. Uma mulher sozinha e idosa é duas vezes mulher.

Outra noite, voltando do cinema, no metrô Franklin-Roosevelt eu me vi pela primeira vez como uma pessoa deslocada. Eram vinte e duas horas, e oitenta por cento dos que ocupavam as duas plataformas eram jovens, trocando socos amigáveis, interpelando-se de uma plataforma à outra, impondo a todos os passageiros sua barulheira, sua linguagem agressiva, sua gloriosa juventude. Eles estavam em casa. Eu não estava mais. Meus poucos semelhantes se faziam de mortos... o principal era não chamar a atenção. Estávamos, de repente, em 1942, sob a Ocupação alemã de Paris, quando alguns franceses vencidos se encontravam num lugar público, o metrô ou a Place de l'Opéra e sua Kommandantur, entre uma multidão de vencedores cor de azinhavre...

É esse medo que nos leva pouco a pouco a ficar na nossa toca, nessa cozinha que para muitas mulheres da minha geração foi o "quarto próprio" de que falava Virginia Woolf.

Mas o azar quis que os tecnoassassinos me perseguissem, pois fui obrigada a substituir as quatro placas elétricas com sensor do meu fogão, simplezinhas e antigas, por um novo dispositivo de cocção. O encanador da esquina me recomendou enfaticamente uma superfície elétrica por indução, mais segura e mais econômica. Marion está equipada com uma bela placa de vitrocerâmica da qual me sirvo sem problema. Portanto, assinei um contrato em confiança e três semanas mais tarde recebi uma superfície preta admirável, inteiramente lisa, sem nenhum botão de comando.

— Os botões estão ultrapassados, madame! Basta um toque digital.

— Está bem, mas eu gostava dos botões, pois podíamos regular 1, 2, 3, 4, 5.

— Aqui a senhora regula o calor pressionando repetidamente e os números se iluminam em vermelho.

— E se meu gato pular sobre a placa, ela liga?

— Existe um mecanismos de bloqueio, madame. Quando o aparelho não está em uso, a senhora o bloqueia. Para isso, também, basta um toque digital.

— E se uma criança puser a mão na placa, isso pode desbloquear e fazê-la funcionar?

— Uma criança não tem que se aproximar da superfície aquecida, madame.

— E o senhor me aconselha um toque digital para afastar a criança? Um tapa, por exemplo?

O encanador da esquina faz um esforço para rir. Não se deve desagradar o cliente.

— Ainda assim o seu sistema é muito mais complicado que antes.

— É só aprender a usar, madame.
— Aprender a cozinhar um ovo? Na minha idade?
— Vou fazer uma pequena demonstração, a senhora vai ver. Vamos ferver água.

Apanho uma panela da minha fila de seis, suspensa na parede.

— Ah, não. De alumínio, nunca! É preciso usar recipientes que tenham a palavra INDUÇÃO estampada no fundo.

Tenho um, por milagre.

— Mas, então, meu senhor, todos os meus utensílios de pirex, todas as minhas caçarolas de porcelana que fazem os melhores ovos fritos, como o senhor sabe, e a minha panela de pressão e a minha panela de ferro esmaltado e minhas frigideiras de tefal... tenho que jogar tudo fora?

— Nada disso tem estampada a palavra INDUÇÃO — diz o encanador, nervoso.

Consulto outra vez o folheto e me assusto. Em letras pequenas, leio: "Portadores de marca-passos, atenção! Podem ocorrer algumas interferências eletromagnéticas. Consulte o seu médico." Não uso marca-passo, mas estou na idade de usar! O encanador deveria ter me avisado que a indução não é feita para os senis e que, na minha casa, tudo deve ser jogado fora, incluindo o gato. Basta ter usuários com a estampa JOVENS. E recomenda-se consultar um cardiologista antes de escolher o fogão. Eu aprenderia mais tarde, no *O que escolher*, que é aconselhável se manter a mais de 30cm do fogo!

E mexer o molho branco com um cabo de vassoura?

Mando desmontar imediatamente minha placa a indução. Quero uma superfície de não importa o quê, com botões 1, 2, 3, 4, 5.

— Mas, minha senhora, no seu contrato está escrito a palavra INDUÇÃO.

— Justamente! Para mim, indução é a "generalização do raciocínio a partir de um único caso". É o contrário da dedução, veja. Sou professora de francês, meu senhor, não de encanamento, e o senhor deveria ter me explicado. Para mim, sua indução é uma merda. Veja só, que bom exemplo: eu generalizo a partir de um único caso! Isto é a indução.

— Sinto muito, madame — diz o bravo homem —, mas a senhora assinou um contrato e tenho que lhe cobrar esta placa, mais cara que as superfícies com comandos manuais, é verdade, mas garanto que é o que há de melhor no mercado. Todas as grandes marcas fabricam. É o futuro.

— O futuro não é a minha principal preocupação! O senhor não teria um modelo que descasca legumes e leva os pratos para a mesa, além de fazê-los?

Eu me contive, claro, para não acabrunhar meu pobre encanador. Tinha assinado, afinal, sem ler direito o contrato, era eu a culpada. Portanto, covardemente paguei a tal placa a indução e comprei numa promoção o modelo mais simples de uma marca semifalida, com os botões 1, 2, 3, 4, 5, como na minha infância. Ha! De qualquer forma, quando ocorrer o primeiro problema, o artefato será declarado irreparável e os encanadores dos quatro cantos da França vão entonar o mesmo refrão: "Sai mais caro consertar este (aqui, pode-se escolher: aparelho de TV, aspirador, aquecedor ou forno*) do que comprar um novo."

---

*Lista não exaustiva.

Belzebu zomba do mundo e é sempre o vencedor, como aprendemos a nossa própria custa.

Uma vez quase atendidas as diversas formalidades *post mortem*, senti necessidade de mudar de ares. Marion e Xavier tinham proposto afetuosamente que eu fosse ficar com eles em Kerdruc. Era tentador. Mas dezembro não é o mês mais bonito na Bretanha e eu queria estar com Hélène. As circunstâncias eram favoráveis: Victor fraturou o fêmur ao cair da cama e vai fazer reabilitação durante dois meses, o que garante uma convivência sem problemas com minha irmãzinha associada a algumas semanas de inverno ao sol do Midi. Ela finalmente tirou a carteira de motorista no ano passado, quando Victor teve que renunciar à sua Mercedes e ela comprou um Twingo, para não humilhar o marido, que reagiria muito mal se ela escolhesse um cupê conversível esporte. Ele optaria por um 2 CVs, mas para sua lástima a Citroën não fabrica mais o modelo. Sim, ainda existem moças de 70 anos que foram impedidas de crescer e continuam convictas da própria incompetência congênita e da necessidade de obedecer ao macho.

Poupo a minha pobre Minnie dos meus sarcasmos, pois a combatividade se desgasta como todo o resto e agora minhas forças são integralmente empregadas em subjugar os sinais de perigo que meu organismo tem enviado. Tanto brinquei de "Seja boazinha, minha dor, e fique tranqüila", que ainda consigo embaralhar as mensagens e ignorar, por exemplo, meus joelhos, que se enfiaram na rótula onde eu não tinha mais cartilagens. Recuso obstinadamente a bengala que eles exigem... enquanto espero que todos se unam para me jogar no chão e provar que tinham razão. Mas Hélène conseguiu me arrastar até a Policlínica Saint-John Perse e me obrigou a fazer um check-up. Recusei a colonoscopia e outros exames traumatizantes, convencida de que não é bom despertar doenças adormecidas... Mas precisei sofrer uma bateria de testes e análises que me revelaram... que eu não tinha mais 20 anos. Catarata... e a tiróide... e a hipertensão... e uma possível mancha na retina... De qualquer forma, nunca gostei muito de Saint-John Perse, nem como poeta, nem como diplomata.

Por outro lado, cedi momentaneamente aos apelos do Natural, não ousando me empanturrar de patê de javali ou — pior — de estorninho, de manteiga salgada em camadas espessas e de carnes grelhadas na própria gordura diante de uma adepta dos iogurtes com lactobacilos, do zero por cento e do caldo de legumes. Portanto, acompanho Hélène às suas lojas naturais, incontáveis em Cannes, que parecem salas de pensionato onde velhas senhoras, ingênuas e entusiastas, vêm filosofar e trocar experiências. Nunca vi entrar um homem nessas sacristias. É por isso que eles morrem antes da gente, afirma Hélène.

Fui tentada por um cataplasma de argila verde para a artrose do joelho, ou a opção em pasta para espalhar numa camada espessa. Em nenhum dos dois casos, nada de folheto, nada de modo de usar. É como na eucaristia: é preciso crer. As embalagens são rudimentares, o produto se espalha por toda parte, mancha, entope os encanamentos, tudo isso faz parte do tratamento. Mas é preciso reconhecer que a reabsorção dos meus inchaços é espetacular.

Nossa liberdade infelizmente é limitada porque Hélène insiste em passar todas as tardes ao lado de Victor. Raramente a acompanho: isso me faz envelhecer uns dez anos! Entramos no quarto com um sorriso agradável que ele se encarrega de apagar logo nas primeiras palavras. Sempre passou "uma noite horrível", afirmando, alternativamente, "que não pregou os olhos, que não pôde respirar com esse temporal, que teve dor de cabeça ou uma dor atroz no dedão".

— É a gota, Victor — digo brincando —, a doença dos *bon-vivants*!

Isso não lhe agrada, eu sei, mas a raiva faz bem para os mal-humorados, esses velhos que alimentamos de amor e mimos mas que transformam tudo em amargura e queixumes.

Ele quer saber o que fazemos, quem vemos na sua ausência. Ninguém tem graça aos seus olhos.

— Ah, o pobre Jérôme! É muito maricas, aquele lá!

— Ah, foram ver *As horas*? O vazio na alma dessas senhoras que só sabem olhar para o próprio umbigo... É Virginia Woolf...

Os misóginos são como os violadores contumazes. Nós explicamos, demonstramos os fundamentos do feminismo, na hora eles parecem admitir, mas quando saímos de perto eles começam de novo, cada vez pior! Os mesmos clichês sobre "as boas senhoras", as mesmas brincadeiras gastas.

Uma das frases preferidas de Victor, que eu detesto particularmente: "Não tenho nada com isso." Ele acha que é um argumento. Eu o repreendo energicamente toda vez que a diz. Hélène me acusa de insultar um doente. Por que não? Fazer isso é tratá-lo como um homem normal, ao menos uma vez!

— Mesmo assim — diz Hélène com lágrimas nos olhos, enquanto saímos do quarto e Victor a acompanha com um olhar cheio de rancor por não suportar que viva sem ele. — Mesmo assim, Victor às vezes é inábil, mas durante toda a vida ele me demonstrou um imenso amor!

Um imenso amor-próprio sobretudo, tenho vontade de corrigir. Mas não sou uma criminosa, apesar das aparências. Dedicamos nossas manhãs a passear pela Croisette, a visitar os museus, a "magazinar", como dizem em Quebec.

E passamos as noites sendo felizes juntas. Ressuscitando nossas lembranças da infância. Emocionando-nos com os cavalos malhados das charretes que entregavam blocos de gelo embalados em sacos de pano para as geladeiras forradas de zinco. Na época se compreendia melhor que o frio é um luxo. Lembrando o cachorrinho fox do quadro *La Voix de son maître*, os gramofones a manivela ou dos toca-discos que chamávamos simplesmente de toca-discos porque faziam os discos tocar, sem ir atrás de *yahoos* ou *noos*, fonemas que não querem dizer mais nada. Estamos felizes, mas às vezes me culpo por esta existência num casulo climatizado. Não estaríamos levando uma vida residual?

— Residencial, minha querida — corrige Hélène. — É a mesma coisa, mas em versão luxo. Temos que saborear a nossa sorte de viver bem, num espaço confortável, decorado com objetos bonitos e sem nada que nos lembre as mazelas do mundo. Você não está mais em idade de brigas. Já fez bastante e se aborreceu bastante. Agora viva um pouco, minha querida... Dizer isto é um lugar-comum, mas aqui a vida é caricatural, "tudo é ordem e beleza, luxo, calma..." Falta, infelizmente, volúpia. A simples realidade também começa a me fazer falta neste universo asséptico. Tenho a impressão de já estar morta, por mais que o além seja bastante agradável.

Aliás, vou ter que deixar Hélène, pois seu filho mais velho, com os sogros e Zoé, vêm a Cannes passar as férias de fevereiro. Dormimos no mesmo quarto durante a última semana para falar de todas as bobagens e coisas profundas que se costumam dizer à noite, e prometemos passar algumas semanas juntas todo ano. Victor tem dois fêmures, afinal! Guardei para mim este comentário de péssimo gosto, admito. É a minha idade.

Tendo me habituado ao luxo, na volta achei meu apartamento miserável e decidi arrumá-lo e pintar tudo, inclusive a minha dor. Na nossa idade, arrumar significa jogar fora. Jogo no lixo os estratos da minha existência morta, despejo pastas, recortes de jornal amarelados, revistas feministas que eu conservava para me basear caso me pedissem um artigo. Há muito tempo não me pedem para escrever nada, minhas referências estão ultrapassadas, meu nome não diz mais nada a ninguém, e as jovens sirigaitas de hoje acham que os direitos que usufruem caíram do céu.

— Você só teve direito a voto aos 30 anos? Impossível! — dizem essas desmioladas.

— Não havia pílula "antigamente"? Como vocês faziam? — perguntam essas desculturadas, para as quais "antigamente" começa ontem e chega à Idade Média.

Ficam esquecidas a doutora Lagroua Weill-Hallé e o Planejamento Familiar, Gisèle Halimi e o processo Bobigny, Simone Veil e os 800.000 abortos por ano que não eram considerados Interrupção Voluntária da Gravidez e levavam à morte centenas de mulheres anualmente e à esterilidade milhares de outras.

Isto também mata, a ignorância e o esquecimento, embora mulheres magníficas continuem lutando, sem subvenções, sem reconhecimento, em meio à indiferença geral.

Não me perguntam mais a minha opinião, mas quem me impede de dá-la assim mesmo? Então me ocorreu uma idéia, depois um desejo, depois a firme determinação de me dedicar a um último trabalho, uma espécie de testamento feminista, que Marion publicaria depois da minha morte.

— Por que depois da sua morte? — pergunta Moira

Portanto, decidi me instalar em Kerdruc nessa primavera, durante as obras na minha casa, para escrever sossegada. Foram três meses de felicidade. Escrevia toda semana a Hélène, que como eu não aprecia os contatos telefônicos, e ela me devolvia, como era seu costume, umas deliciosas cartas ilustradas, como os livros de horas, de personagens e animais fabulosos, que me faziam lamentar uma vez mais que ela nunca tenha se decidido e aceitado expressar seu talento.

Marion veio me ver — ela nunca perde uma maré de equinócio — para me ajudar a arrumar as idéias e a aceitar a evidência do meu envelhecimento: fico furiosa ao admitir que não posso mais escrever nada de bom depois das cinco da tarde, eu que tanto gostava de trabalhar à noite. Nunca me queixei do corpo que me coube. Este que se colocou no seu lugar — contra a minha vontade — me agrada cada vez menos. Mas é ele que se impõe.

Eu ia escrever a palavra FIM em meu livro quando o chão se abriu brutalmente debaixo dos meus pés. O céu ficou sombrio — o inaceitável tinha acontecido. Um minúsculo coágulo de sangue obstruiu uma arteríola do cérebro que me é quase tão precioso quanto o meu: o de Hélène. Minha irmãzinha, praticamente minha filha, acabava de receber um golpe que eu pressentia mortal.

Ela estava sozinha em casa; Victor só iria voltar na semana seguinte. Não recebendo sua ligação telefônica diária, ele rapidamente pensou no pior e deu o alerta. O serviço de emergência arrombou a porta e encontrou Hélène sem consciência ao pé da cama. Ela está no hospital, mas os danos são impressionantes, confessou-me seu filho: está hemiplégica, do pior lado, aquele que comanda ao mesmo tempo a mão que escreve e o hemisfério que fala. Ela perde a palavra e a escrita, ao mesmo tempo.

Vou amanhã para Cannes. Hélène tem "apenas 75 anos" e os médicos afirmam que ela pode se recuperar — em parte. O que mais dizer a alguém que acaba de escorregar do mundo dos saudáveis para essa zona delicada onde não se está nem vivo nem morto?

Quinze longos dias se passaram desde o AVC,* como hoje se chama o derrame, e temo que minha Hélène não recupere os sentidos. As fisionomias furtivas dos médicos, seus discursos embaraçados, seu rosto assimétrico e, sobretudo, seu olhar de derrota me dão muito poucas esperanças.

---
*Acidente vascular cerebral.

Naquele belo outono que passamos juntas, refletimos sobre a "arte de morrer"* e ela finalmente se inscreveu na ADMD,** onde milito há tantos anos. É tão valoroso se declarar por uma morte escolhida quando se está em plena saúde! Mas como ter certeza de não ultrapassar o limiar fatal em que se perde o controle, de si e dos outros? Enquanto Adrien vivia, eu certamente assumia o risco de viver. Também jamais teria feito "isso" com Hélène, deixá-la só. Minhas duas principais razões de viver desapareceram (ou quase), e meus filhos não precisam realmente mais de mim, ainda que creiam querer que eu me conserve. Eles conseguiram ter a vida que queriam e o meu desaparecimento, previsível, não lhes causará mais sofrimento amanhã do que mais tarde.

De minha parte, não tenho a menor vontade de assistir ao envelhecimento dos meus filhos. Marion já está com 64 anos, e tenho pena dela pelo que a espera. Ela é sempre magnífica, mas para mim seria um verdadeiro escândalo vê-la aos 70 anos manifestar os mesmos sintomas que eu. Não era previsível até aqui que uma mãe visse o lindo serzinho que pôs no mundo se tornar um espécime cambaleante, com o olhar baço e as mãos deformadas. E como admitir que minhas netas se tornem qüinquagenárias? A longevidade desarranja a cadeia das gerações.

Imagino Marion e eu daqui a dez anos, em Kerdruc, no café-da-manhã, com os cabelos pintados da nossa antiga cor, abrindo cada uma a sua caixa de pílulas, cartilagens de

---

*Como a chamou Françoise Giroud em *Leçons particulières*.
**Associação pelo Direito de Morrer com Dignidade.

tubarão, óleos essenciais, Ômega 3, antiinflamatórios, anticolesterol, ansiolíticos, magnésio, silício, zinco, vitaminas, hormônios, uff... Nós as engolimos penosamente, contemplando o mar, agora deserto, pois o barco teria sido vendido porque Maurice não poderia mais fazer o motor 5 CV arrancar por causa da sua tendinite. Nós o observaríamos, comovidas, folheando suas revistas náuticas à procura de uma barcaça com motor a diesel e partida elétrica, sabendo bem que para nós já passou o tempo de investir. As mulheres geralmente são de um realismo desolador. Para Maurice, tudo sempre parece possível. Seus sonhos proliferam independentemente da realidade, o que lhe dá um ar de eterna juventude que admiro. Odeio me tornar uma destruidora de sonhos... Pois é por amor à vida que gostaria de deixá-la a tempo, não sem um terrível desgosto. Mas sei que tudo o que já perdi e tudo o que perco a cada dia não será substituído por nada.

Eu amei demais correr, escalar, esquiar, dirigir um carro, para aceitar me instalar ao comando de um andador.

Eu amei demais o gosto do vinho, dos Singles Malt e o aroma de neve eterna da vodca, para ver diante do meu prato uma garrafa de plástico cheia de um líquido incolor, inodoro e insípido.

Eu amei demais viver junto com um companheiro, para enfrentar os dias e as noites, para nos atormentar, para explicar, para resmungar, para ler a dois, para rir também, para todos os prazeres e desprazeres da vida, e para envelhecer suavemente...

Eu amei demais Xavier, Marion e Maurice, de igual para igual, para imaginar vê-los um dia em volta dos meus despojos, pretensamente viva, alimentada com gotas, oxigenada através de um tubo e aliviada por uma sonda.

Eu amei demais me ajoelhar num jardim, aspirar o odor da terra e cavar e plantar e podar; amei demais receber no rosto o sol do meio-dia, os banhos no oceano gelado e as caminhadas pelo mato, para adormecer na sombra de um jardim, com uma capelina na cabeça e uma coberta sobre as pernas, esperando que a noite caia... para ir me deitar!

Eu amei demais pescar, a pé ou de barco, com Marion, Amélie e Séverine, na ilha Verte, em Raguénès ou Glénan, para não chorar vendo os outros partirem, com o camaroeiro nos ombros, um cesto a tiracolo e os olhos brilhantes em cada maré cheia.

Quero partir com o meu cesto carregado de lembranças e os olhos cheios de orgulho por ter vivido viva até o fim. Ir embora na minha hora, que não será necessariamente a dos médicos, nem aquela autorizada pelo papa, menos ainda a morte lenta proposta por Marie de Hennezel, com sua bandeja de cuidados paliativos de fachada e seu sorriso cremoso.

Curiosamente, como uma espécie de compensação, estou cada vez mais sensível à beleza das coisas, com todas as pequenas maravilhas e os grandes espetáculos se unindo para me encher os olhos de lágrimas: o azul dos plumabagos, o vôo das gruas cinzentas no *Le peuple migrateur*, a roseira chamada Cézanne plantada ano passado sem muita esperança num canto pouco propício e que me oferece sua primeira rosa matizada de vermelho e amarelo em novembro, quando eu já não esperava, justamente para me dizer:

"Veja só!" Um barco de pesca que volta ao porto, com o casco tão bem talhado que quase não deixa rastro na água, o velho marinheiro de pé ao leme, seu cão adestrado na frente fazendo-se de importante como uma figura de proa... e depois a capela da baía dos Mortos e seu calvário de granito consumido pelas tempestades e pelas lágrimas das viúvas.

E também a poesia, curiosamente, que eu tanto amava na juventude e que reencontrei após a morte de Adrien com uma emoção adolescente — Lembra, Hélène, como gostávamos de Laforgues e seus versos desesperados, que compreendo melhor agora:

Ah, como a vida é cotidiana
E por mais atrás que nos lembremos
Como fomos míseros e sem talento!

Muito em breve seríamos mais velhas que esse jovem poeta morto aos 27 anos.

E também os homens, algumas vezes... o gosto pelos homens nunca se perde?

Em cima de um telhado em frente à casa de Hélène, em Cannes, vi no ano passado um peão de obra magnífico. Eram quatro a correr sobre as telhas rosa, mas somente ele era louro como um finlandês, tinha quadris estreitos e a estampa de uma esbelteza tocante em um homem. Trabalhava com o torso nu, e toda manhã, tomando o café, eu contemplava seus ombros queimados, com o bronzeado dourado dos louros, sua cintura delgada e seus cabelos já longos brilhando ao sol do Midi como... um capacete de ouro. Perfeitamente. E cada vez que se aproximava da beira da cobertura, eu tremia por ele, cantarolando a canção de Dalida: *"Ele acabava de fazer 18 anos..."*, desencadeando exclamações irônicas de Hélène.

"A propensão à união existe até mesmo nos protozoários e paramécios, seres assexuados", lembrava-me ela, citando algum artigo da *Science et Vie*, que Victor assinava e ela lia religiosamente.

O ser humano jamais volta a ser um paramécio. Às vezes fico quase chocada ao experimentar, tal como outrora, algo da emoção da protagonista quando o homem que ela ama finalmente a toma em seus braços... desde que o diretor saiba filmar não o amor, mas o desejo, muito mais difícil de mostrar que a raiva ou a violência, que são emoções rudimentares.

Não ouso confessar essa emoção ou fraqueza a Hélène, que nunca enganou Victor e continua estranhamente pudica em relação ao que ela chama de "a sexualidade" com uma pequena careta que não me diz nada de bom.

Não podendo me satisfazer com os beijos dos outros e com raros peões de obra que se exibem, tendo perdido todos os meus prazeres e quase todos os amigos da minha idade, tendo escrito meu último livro, não vejo por que esperaria passivamente o último golpe do destino. Mas como abreviar meus dias, se eu tivesse a sorte de ouvir a tempo o ranger da charrete de Anku,* conduzida por seu cocheiro fúnebre que para mim tinha a fisionomia de Jouvet?

Na Suíça, na Bélgica e na Holanda se permite a "ajuda para morrer". Vi *Exit* na televisão e acompanhei a morte

---

*Que anuncia a morte para os bretões.

doce e consentida de um homem doente nos braços da esposa. E o admirável *Mar adentro*,* um filme sobre a alegria de viver e a coragem de morrer.

A França não é mais o país das liberdades. Nossos deputados acabam de inventar a hipócrita teoria do "deixar-morrer", fórmula terrível, bem na linha do "deixe-os viver": os dois slogans têm em comum o mesmo desprezo pela vontade dos interessados.

Terei em conta a sua vontade, Alice, diz Moira. Por mais que não me agrade que alguém morra, pois eu jamais terei o direito de morrer.

Como aceder à eutanásia, essa bela palavra grega que significa simplesmente o que todo mundo deseja: "uma boa morte"?

Quando um filósofo é obrigado a se jogar de uma janela para fugir de sua doença incurável,** quando uma mulher idosa se vê forçada a avançar pela água gelada de um pântano até ser engolida, a fim de escapar de perseguidores que já a tinham reanimado à força duas vezes, o que é isso senão omissão de socorro? Desrespeito a uma pessoa? O que é isso senão uma morte cruel, sem o auxílio de uma mão caridosa? Só para que não seja condenado o médico que pode ajudar ou o próximo que pode estender a mão, estamos fadados a morrer sozinhos na França?

---

*Filme espanhol de Alejandro Amenábar, inspirado numa história real que comoveu toda a Espanha, a de Ramón Sanpedro, quadriplégico há vinte anos e que, no limite da coragem, consegue enfim se libertar graças à ajuda de seus amigos.
**Gilles Deleuze.

— Você não está sozinha — diz Moira.

Sinto necessidade de conselhos esclarecedores e pensei em consultar os especialistas em vida, portanto em morte. Fui ver o neurologista que trata de Hélène, o pneumologista que cuidava de Adrien, meu próprio geriatra e até a ginecologista de Marion. Todos fizeram ressurgir do fundo da minha memória impressões enterradas há mais de cinqüenta anos! A humilhação, a impressão de ser culpada, o tom paternalista tentando disfarçar uma total indiferença, a mesma blindagem ideológica usada para o aborto antes da Lei Veil. E, para coroar o conjunto, o álibi da fé cristã de pessoas que nem mesmo vão mais à missa.

Ora, quando um ser não tem mais Esperança, é de Caridade que ele necessita, não de Fé.

Ao reivindicar o direito de escolher minha própria morte como no passado reivindiquei o de dar ou não a vida, eu me encontrava de novo na mesma posição de pedinte diante da mesma *nomenklatura*! E falavam comigo como se eu fosse uma menina, enquanto tinha o dobro da idade de todos esses médicos e não era culpada de ter envelhecido demais para o meu gosto! Então minha vida não me pertencia mais?

Durante uma noite em claro, procurando a maneira de sair desse impasse, ocorreu-me de repente que nós, partidários da morte por vontade própria, tínhamos, talvez sem saber, um ilustre predecessor.

Subitamente, achei evidente que o próprio Jesus Cristo tinha escolhido morrer. Também parecia que ele poderia ter escapado dos seus carrascos com um milagre bem simples... já fizera outros mais difíceis. E seria um insulto à sua natureza divina acreditar que o Filho de Deus tenha se deixado apanhar como um coelho e crucificado como um ladrão sem que o tivesse premeditado. Estava escrito nos desígnios de seu Pai, e Cristo escolheu se conformar com eles, morrendo.

Com esta idéia, eu me sentia estranhamente confortada em meu projeto.

— Não precipite o irreparável — diz Moira. — O que está esperando? Publique seu livro-testamento enquanto vive.

Antes de guardá-lo no seu cofre para publicação posterior, Alice decidiu mostrar o texto à filha. Marion ficou entusiasmada, deu para Maurice ler e ambos conseguiram convencê-la a publicar sem demora.

— Este pequeno livro vai lhe trazer o sucesso que você esperou a vida toda, mamãe, você vai ver. Seria muito triste não viver essa aventura. A conjuntura é favorável, tenho certeza.

O *Testamento feminista* foi lançado três meses mais tarde. A antiga revista de Alice, *Nous, les Femmes*, viu nele a oportunidade de recuperar um mercado há muito tempo esquecido e decidiu publicar as melhores páginas em *avant-première*. O sucesso foi imediato, inesperado. Alice reencontrou as alegrias perdidas: receber uma farta correspondência de leitoras, antigas e novas, ser consultada sobre os problemas da sociedade, soltar o verbo na cara daqueles que haviam enterrado as feministas, a feminização, a paridade... e participar como estrela de programas culturais onde soube se mostrar de uma virulência e de uma comicidade imprevisíveis numa pessoa da sua idade.

Eu teria permanecido uma grande chata a vida toda de qualquer jeito, pensa Alice, e acontece que é por isso que me apreciam hoje!

— "O que vem ao mundo para nada abalar, não merece consideração nem paciência"* — diz Moira.

Alice não teve o prazer de dividir sua alegria com Hélène, vítima de um segundo ataque e que desaparecia pouco a pouco na inconsciência. Mas teve a felicidade de ver nascer o primeiro filho de Séverine e de chorar de emoção e cumplicidade nos braços de Marion descobrindo que Brian conseguira mais uma vez se insinuar em sua descendência sob a aparência desse menininho de um ruivo insolente.

Hélène se foi no outono. Alice começava a ter sérias dificuldades na visão, que uma operação de catarata tinha apenas adiado. Ela avisara os filhos de que não conseguiria viver na dependência, sem ler, sem ver a cor do céu e do mar, mas se recusava a envolvê-los numa decisão pela qual se considerava a única responsável.

Prefiro que vocês não saibam nada de concreto. Que possam pensar que, talvez, afinal eu tenha morrido de morte natural. Sei que vão ficar muito tristes, mas não tenho como evitar, de qualquer forma.

— Nunca tive pressa de ver meus protegidos desaparecerem — diz Moira. — Eu me apego a eles. Não deveria. Mas amo você o suficiente, Alice, para admitir que desista,

---

*René Char.

porque você soube agarrar as suas oportunidades e todas as que eu pude oferecer. Incluindo a última: morrer no seu momento. Quando você estiver pronta, estarei lá, Alice. Faça-me um sinal, dê um toque na tecla estrela. Eu me encarrego do resto, minha pequena.

Este livro foi composto na tipologia Minion,
em corpo 12/15,3, e impresso em papel off-white 90g/m²
pelo Sistema Cameron da Distribuidora Record
de Serviços de Imprensa S. A.

Seja um Leitor Preferencial Record
e receba informações sobre nossos lançamentos.
Escreva para
RP Record
Caixa Postal 23.052
Rio de Janeiro, RJ – CEP 20922-970
dando seu nome e endereço
e tenha acesso a nossas ofertas especiais.

Válido somente no Brasil.

Ou visite a nossa *home page*:
http://www.record.com.br